きむふな
セレクション

〇八

韓国文学
ショート
ショート

JN055578

私の生のアリバイ

コン・ソノク 著

カン・バンファ 訳

原文では、作品中の年齢表記は数え年で記されているが、訳文では日本の慣習にならい、満年齢での表記とした。

テリムについての陳述を始める前に、どういうわけで私がこの話をすることになったのか、その発端をはっきりさせておいた方がいいかもしれない。これから話す内容は、いわば、テリムについての私の陳述の前置きと言えるだろう。この前置きは読まなくてもかまわない。いや、この文章自体を読まなくてもかまわない。それは読む人の自由だ。この文章から冷ややかに目をそらす人がいたとしても、私には何も言えない。なぜなら、その人たちと私は、愛し合っていないのだから。

そして私は今もまだ、絶えず「民衆」に憧れてやまない「プチ・ブルジョア」に過ぎない。それは事実だ。だがこの事実は、テリムと私の間に何の関係もない。それから、このつたない陳述が、九〇年代風（？）の語り口には絶対にそぐわないはず、ということあざとい考えが浮かんだりもする。どうやら、「人目も少しは気にしながら生きるべし」という命題に、私もある程度は同意しているようだ。

〇〇三

前日のことだった。テリムとあんなかたちで再会することになる日の前日、テリムについての話をスナムから聞いた。テリムは三人の子持ちだという。スナムの表現を借りれば、「ぞろぞろと三人も」。その日私は、〈眺めの美しいコーヒー専門店〉で二時間近くスナムを待った。さわがしい店内での二時間の読書はそれなりに充実していた。だから、約束の時間に遅れてきたスナムにもさほど怒りを感じなかった。スナムはかえって、怒らない私に申し訳なさそうにしていたけれど。

「約束してたの、すっかり忘れてて。手術台に横たわったとたん、はっと思い出したのよ」

「大丈夫なの？」

「もちろん」

私たちは席を立った。スナムと私はビールの飲める店に場所を移して、二時間ほど飲んだ。スナムが中絶手術をしてからちょうど二時間が経っていた。テリムの話は、スナムと飲んだその二時間の中で登場した。テリムのことを思い出さなくなってもう久しい。思い出さなくなって久しい彼女が、その二時間の酒の席で、つまみにとった干しダラの中に潜んでいた骨のように、私の胸の奥まったどこかをしきりに突き刺し

〇〇四

た。でもその瞬間の私は、自分の胸の片隅を刺されようがひねりつぶされようが、ス

ナムをいたわることに集中しなければならなかった。私は言った。

「忘れた方がいいわ」

なんて無責任で身勝手なことばだろう。忘れようなんてことばは二度と口にしたく

なかった。無言の関係。私たちは黙ったままでも会話できた。無言のうちの会話が可

能な限り、「私たちの友情は変わるまい」。私はその日、中絶手術を受けた女が手術の

二時間後に酒を飲んでいいものかどうかだけを危惧していた。もう取り返しのつかな

い魂のことなど考えなかった。いや、考えまいと意識的に努めた。よそ見だった。と

にかくよそ見することだ。本質を見つめるのはあまりに酷ではないか。私たちは互い

によそ見していることをよく知っていた。そしてそのよそ見の裏側にうずくまってい

るものの正体を知っていたため、互いに何も言えないでいた。スナムがテリムの話を

持ち出したのも、してみるとそんなよそ見の一つだった。初めは二人とも面食らった

そうだ。なぜなら、スナムとテリムは友人という間柄でもあったが、教師と保護者と

いう関係でもあったらしいのだ。

「教え子の母親のことも知らなかったの?」

〇〇五

「テリムの名前さえ記憶になかったのよ。なんせ一緒に過ごしたのはほんの二ヵ月だったでしょ」

病院のロビーで出くわしたとき、相手がテリムだと気付き、話をするうちに、テリムの子どもが自分のクラスの教え子だと知ったそうだ。

「それでよく先生なんてやってるわ」

「ほんと、笑っちゃったわよ」

「『この人、うちの子の担任なんです！』なんて大声で宣伝されなかった？」

「まさか。子どもをぞろぞろ三人も引き連れてて、今度が四人目だって」

「どうだって？　生活の方は」

「そうだ、明日が息子の誕生日らしいの。私が受け持ってる子の。家に招待したいってさ。子どもの担任だからって」

「ふうん」

「あんたの話も出たわ。一緒に来てほしいって、必ず」

「テリムがそう言ったの？」

「うん」

○○六

私は終始冷静だったし、スナムもまた終始屈託なかった。ほんの少しの隙さえあれば、私たちが必死に守っているその態度がみるみる崩れてしまうかもしれないことをスナムと私はよく知っていたから、テリムの話をやめることはできなかった。つまり、テリムはその瞬間、私たちのむき出しになった傷口に応急処置として貼られた絆創膏の役目を果たしていたのだった。私はなるべく、テリムの役目はただ、そうやって私たちの絆創膏になってくれていることだけだと示そうとした。干しダラの中に潜んでいる骨としてのテリムが今、私の中の片隅を突き刺していることがばれないよう、極力努めていたのだった。突き刺しているとはどういうことなのか。とすると、私はまだテリムのことを永遠に忘れていたわけではなかったのだろうか。テリムの最初の夫は亡くなっている。その後再婚したのだろうか。

　スナムは生まれ変わりたいと言った。十数年の恋の終わりを産婦人科病院で締めくくったスナムは、いざこれから、本当に人生をやり直せるはずだ。やり直さなければ、道は行き止まりになってしまう。私たちは岐路で別れ、それぞれの前に敷かれた暗い道をたどって歩いた。別れる間際、翌日また〈眺めの美しいコーヒー専門店〉で待ち合わせて、向かいのパン屋でバースデーケーキを買うことにした。同時に私は、明日

〇〇七

は土曜日か、と今更のようにつぶやいた。

出勤し帰宅するという生活をしなくなってから、明日で十六週になる。この十六週間に何があっただろう。借金しかない出版社を引き取ってくれる彼女がいたから、私は債務者という身の上から晴れて解放されたのだった。私を借金から解放してくれた彼女の存在がありがたくないわけがない。そして、蜘蛛の巣のような欲望の網の目から私は抜け出した。すべて彼女のおかげだ。至って現実的な意味において。そういった点で私は、その後輩編集長に感謝していた。出版社を引き取った彼女は、借金はほとんどなくなりつつあると何度か電話をくれた。なるほどこの二、三カ月の間、彼女の企画した本の広告を数日おきに目にしていた。私が辞めてから、彼らはより開かれた視野と自由な討論の場を持てたはずだ。「大衆文化への正しい視線を身につけられるようサポートする」ことを目指して出版されたその本は、もとより私の手では生み出すことのできないものだった。（そういえば、その本はずばり私みたいな人間のために出版されたようにも思える。）売上げはまずまず好調のようだった。表紙を飾るアンディ・ウォーホルの微笑は、どことなく洗練された印象だ。今になって思うに、彼ら

の言う「文化的な面においての保守性」というものが、私の中には確かにあるようだ。流行りの音楽や最新の思潮などへの生来の拒絶反応が、私の「文化的な面においての保守性」を証明している。そして何より、私は彼らの給料日にきちんと給料を払ったことがない。いっとき、九〇年代を前にしたほんのいっとき、私にもわずかな好景気があった。「現代労働運動の進路と展望」に関する論文集と二、三の翻訳労働小説が、私の好景気の履歴だ。そしてそれは、私の人生にたった一度の好景気として記録されるだろう。その一度きりだったと思う。

その後、私は身を引いた。青春のひとときに別れを告げた。給料を給料日にきちんと渡せたのは。そして心からそう思う。テリムのことが思い出される。長い間忘れていた。私も生まれ変わりたい。

無理もないだろう。子どもが三人もいるというのだから。生活は苦しいはずだ。中絶したそうだ。彼女はまだ抜け出せないでいるはずだ。路地に面して入り口がむき出しになった部屋、垂れ流しの排水、いつまで経っても片付けられることのないゴミの山と罵り合う声、そして、そんな声などおかまいなしにのどかに咲く菜の花。彼女がそこから抜け出そうとどれだけ頑張ったかを、私は多少なりとも知っている。十年以上前の話だ。肉体労働者の妻だった。テリムは肉体労働者の妻だった。十年以上前の話だ。肉体労働者

は死んだ。七年前のことだ。テリムは再婚していたのだろうか。出版社を辞めてこの町に戻り、私がしたことと言えば、時折スナムと会って二、三時間ほど、酔わない程度に酒を飲むことぐらいだ。何か仕事を始めたい。売れない本しかつくらない出版社を経営していた三十二の女にできることとは何だろう。気持ちばかりが若返って、できることとは何だろうと自問自答してみる。実を言うと、私は何もしたくない。それが本音だ。スナムのことを思って、ひとり涙をぬぐう。かわいそうに！ 老婆のように言ってみる。この上ない単純さ。テリムを思い出す。また会いたいと思っていただろうか。そう思ったことはなかったように思う。そして私は、今初めて彼女に会いたいと思っている。テリムの話をしよう。

陳述1

テリムは三月にやってきた。*1 母親が、労働能力を喪失した夫とその仲間を連れてこの町へやってきたのだと、いつかテリムが言っていたのを覚えている。テリムはそんなふうに、片田舎の女子高から男女共学の高校に転校してきた。その年の三月、学徒

〇一〇

護国団長の直接選挙があった。教練査閲*3に際しては連隊長とも呼ばれていたそのハンサムな学徒護国団長を、私はいっとき、心から愛していると信じていた。連隊長まで務めた彼が進学するのはもっぱら陸軍士官学校しかないと、私たちは固く信じて疑わなかった。彼は当然のようにそこへ志願したが、落ちてしまった。われらが学徒護国団長が陸士試験に落ちたことを知った私たちの胸は引き裂かれそうだった。なぜなら彼は、陸士試験に落ちるにはあまりにもハンサムだったから。張り裂けそうな気持ちのまま、私たちはわれらが団長を忘れていった。私たちはもはや、選挙によって選ばれたわれらが偉大なる護国団長を、ハンサムという理由だけで愛することはできなかった。彼は今や、その年一番に行われた大学入試に落ちた、初の落第生だったのだ。

私は大学一年生のころまで彼のことが忘れられず、陸軍士官学校がある泰陵テレンを通りがかるたびに、胸を刺すような痛みを味わわなければならなかった。

＊1 【テリムは三月にやってきた】韓国の新学年・新学期は三月から始まる。

＊2 【学徒護国団長】一九七五年、朴正熙クチョン政権下の大韓民国において、高校以上の学校機関を対象に設置された青少年軍事組織の団長。

＊3 【教練査閲】軍事訓練や反共教育が正しくなされているかを確認すること。

テリムの話をしようと言いながら、私はかつて恋焦がれた学徒護国団長のことばかり思い出している。さあ、もう一度始めよう。テリムは三月にやってきた。初めて教室に入ってきた彼女の顔には、潮風にさらされた痕がくっきり残っていた。テリムは十八歳だったにもかかわらず、潮風にさらされた痕のせいか、辛酸な生活のど真ん中にいる三十代の女のように見えた。当時の私たちにはそれが「辛酸な」というより、「田舎くさい」と感じられた。後に私は、同じような顔色の田舎女をアメリカの女性写真家ドロシア・ラングが撮った「移民の母」という作品に見つけて、感動に打ち震えたことがある。私が感動したその顔色は、どうやら、その年の三月に田舎くさいと感じたキム・テリムの顔色だったことに今気づく。

その年の四月、学校に内緒で四・一九記念式を行った。その年の四月、と言えば、思い出すのはそれぐらいだ。五月、正しくは五月の上半期中間試験を翌日に控えた日曜日から、校門が閉鎖された。六月も引き続き休校となり、他の地方が夏休みに入る七月になって、やっと学校に入れるようになった。大学付属の高校だったため、私たちは大学生と同じ校門をくぐった。その年はずっと、軍人が校門を守っていた。彼らが着ていたカーキ色の軍服と肩から下げられた小銃は、昇り始めたばかりの朝日に反

*5
*4

〇一二

射して、時折黒く浮かび上がった。その黒色には、どこか物悲しく、厳粛な美しさが
あった。初め、私たちは彼らと無言の微笑みを交わした。やがて声に出して挨拶する
ようになり、そのうちの何人かは彼らに恋心を抱くようになった。なぜなら、彼らに
はことばで言い表せない、ある憂いのようなものが漂っていると感じられたからだ。
そんなことばに言い表せない悲しみを、私たちの誰もが抱いていた。大学生は深くう
なだれて校門を通り抜け、軍人はうなだれた大学生から目をそらした。その視線の先
には小鳥のように澄みきった私たちがいて、彼らは虚ろな目で、私たちに悲しげな微
笑を送ってきた。後になってわかったことだが、幼い私たちはそんなふうに新たな軍
事政権に馴染んでいった。私たちはその年の五月、自分たちの町で何が起こったのか
をすっかり忘れていた。　登下校時に顔を合わせるそのハンサムな憲兵のために、胸を

*4 【四・一九】四月革命とも呼ばれる。一九六〇年三月に行われた第四代大統領不正選挙に民衆が
反発し、李承晩大統領(イスンマン)は下野。当時もっとも大規模なデモが行われたのが四月十九日。
*5 【五月の上半期〜校門が閉鎖された】五・一八光州民主化抗争。一九八〇年五月十八日から
二十七日にかけて全羅南道光州市(チョルラナムド)で起こった事件。民主化を求める学生と市民が軍と衝突し、多数の
死傷者を出した。

〇一三

躍らせながら学校に通った。その年の七月から八月にかけてのことだった。秋が訪れるころ、クラスの何人かは教育実習でやってきた見習いの先生につかの間の恋をし、私を含む何人かは「憂いを帯びた」校門前の軍人を愛していると信じていた。そんなふうに、その年の九月と十月は過ぎていった。入試が近づいたころ、軍人たちは撤収した。軍人のいない校門前の広場に、時折ハトが舞い降りては飛び去った。ハトにえさをやる者はいなかった。ハトはえさにありつけないまま、嘴<ruby>嘴<rt>くちばし</rt></ruby>でコンクリートの地面を空しく何度かつつくと、円を描きながら飛び去った。冬が近づいていた。

スナムは教育大学に行くつもりだと言った。心から、田舎の小学校で良い先生になりたいのだと。何より、家が貧しいがために。私は、スナムの夢が小学校の教師ではないことを知っていた。彼女の夢はファッションデザイナーになることだった。私は、スナムが自分の夢を修正しながら、そうしなければならない現実を淡々と受け入れるようになった、その貧しい現実こそが切なかった。

どうやらこうやら入試を終え、卒業写真を撮り、学校生活にもゆとりが出てきた初冬のことだった。高校生活最後の冬休みが間近に迫っていた。大学も少し早めの休暇に入ったのか、学校全体がもぬけの殻になったような陽射しの明るい初冬の午後、テ

〇一四

リムに再会した。

私たちは何に気を取られていたのだろう、あの年。あの年も、上の階に住む新妻は無事出産を終え、ある人は失恋を悲観して服毒自殺をはかったという記事が地方新聞の社会欄に載っていた。何人かは実習にやってきた見習いの先生に恋をし、私を含む何人かは校門前に立つ、ことばにならない「憂い」を愛したのではなかったか。秋が近づくころ、軍人が立ち去った跡に舞い降りたハトを、私たちは長い間見つめていたのではなかったか。なぜ人々はハトにえさをやらないのだろう。寒い冬を、あのハトたちにどうやって越せと言うの?

そうして私たちは無事に入試を終え、友人の涙ながらの進路変更に心から胸を痛め、ジョンオク、スナム、と順に名前を呼ばれながら卒業写真を撮った。それでも何かに気を取られていたというのだろうか。いや、それらに気を取られていたということかもしれない。その年、五月から六月の間に失踪した美術の先生のこともすっかり忘れてしまうほどに。美術の先生のことさえそうなのだから、キム・テリムのことなど忘れて当然だったのだろうか。彼女は私たちの記憶に残るほど可愛くもなければ、まして一緒に過ごしたのは三月から五月までという短い期間だった。学校が再び門を開い

〇一五

たとき、私たちは誰ひとりテリムの不在に気づかなかった。高校三年生の教室に入っ
てくる先生は、目前に迫る入試のために出席を取る間も惜しんで授業に入り、クラス
の何人かは一流大学志望クラスに振り分けられて勉強合宿をしなければならなかった。
また、塾の特別講習を受けるために美術や音楽の予備校に通う者もいれば、スポーツ
特待生として教室を後にする者もいた。教室に残った三年生は残留者で、そのうちの
ほとんどは、間もなく残留者から敗残兵になる予定だった。残留者のうち何人かは机
にうつぶせて寝、何人かは机の下の膝の上に広げた恋愛小説にどっぷりつかり、私や
スナムやそれ以外の何人かは数学の先生の騒音と化した授業をぼんやりと聞いていた。
入試が終わった高校での最後の冬休みも残りわずかとなった初冬、私たちは、それぞ
れの前に敷かれた運命のレールの行きつく先を知っていた。ある者は大学に行くこと
になっていた。ある者はブルーカラーの道を進み、ある者はデパートの店員に、ある
者は事務の雑用係に、ある者は自宅で家事手伝いをすることになるだろう。そしてあ
る者は、本人でさえ信じがたいほど早くお嫁に行った。本人でさえ「一体私は今何を
しでかしているんだろう」と思いつつお嫁に行った友人に、道で偶然でくわしたこと
がある。十九で嫁いで産んだ子がその隣にいたのだが、その子はすでに鼻の下が黒

〇一六

かった。母親のポンニムは、早く言えば学生時代に勉強などせず、向かいの校舎の男子学生との恋に夢中だったのだが、ひげの濃いその息子は誰の目にも、三年一組のその男子学生にそっくりだった。キム・ギチョル。ポンニムの夫になったギチョルは学生時代、いつも帽子をななめにかぶり、おへその上までくるズボンを履いていた。私はポンニムと別れてひとり歩きながらも、ギチョルの当時の姿を思い出してはぷっと吹き出した。

その年のことについてはそれぐらい。ポンニムとその夫のギチョルはよく覚えている。懐かしさのにじむ鮮明さをもって。キム・テリムの話が出た。スナムの口から出たものだ。

子どもをぞろぞろ三人も連れて、今度が四人目だって。

家に招待したいって言ってた。

一緒に来てほしいって、必ず。

テリムの話をスナムから聞いたとき、私はなぜ干しダラの骨に口の裏を刺されたような気分になったのだろう。あらかじめ言っておくと、私は必死だった。私の人生は、それこそ悪化の一途をたどっていた。

〇一七

「愛」ということばがある。ありふれた、それでいて美しいことばだ。汝の敵を愛せよ、ということばもある。正しく、良いことばだ。私がテリムを愛していなかったのは愛だと言う。私の尊敬する大人の一人は、あらゆるものの条件となるのは事実だ。かといって、彼女を憎んだり嫌ったりしたこともない。いや、テリムを憎んだり嫌ったりする感情を抱くほどに、ほんのいっときでも私たちが親密な関係だったこともない。少なくとも私は、テリムと自分の関係をそうとらえていた。いっときでも親密な関係にあってこそ、そこに愛憎などという感情も派生しえるのではないか。そんなふうに愛憎の感情やらその他の感情が生まれえない程度の交友だった。そしてそんな交友さえも、五年前の夏が最後だった。もう一度くり返すが、私の人生はずっと、悪化の一途をたどっていた。

陳述2

　テリムに再会したのは初冬だと先に述べた。そのときの話をしよう。入試も終わり、私たちは学生鞄の代わりにヘルマン・ヘッセやアンドレ・ジイドの文庫本を小脇

に抱えて学校に通った。午前中は主に教養講座を聴き、午後は自由時間が与えられた。湿った大気の合間から遅い朝陽がじんわりと広がる、そんな天気が続いた。午前の一、二時間、義務的な教養講座が終わると、私は図書館に足を運んだ。がらんとした図書館で、濃密な静けさとじっとりした寒さを、ヘッセと共に楽しんだ。閲覧席に陽射しがななめにふりそそぐ中、私は自分の人生の秘密めいた帳（とばり）が一枚上がるのを、その陽射しの中で見た。涙を流したのだったろうか、どうだったろうか。もっとも、涙もろい年頃だったうえ、時期が時期なだけに、どこへ行っても涙の種を一つ見つけてはオーバーのポケットに拾い入れ、また一つ見つけてはスカートのポケットに拾い入れていた時分だった。そうして涙の種を拾い集めては、一日中泣きたがった。そんな気分で校舎を出て校門をくぐったそのとき、テリムに会ったのだった。私はつらく苦しげな顔の彼女に向かって、少しばかり微笑んでみせた。それまでなぜ学校に出てこなかったのか気にもならなかった。少しばかり微笑んでみせることさえ不自然に思われた。テリムは違った。私の手を握りしめて目を潤ませた。そのために、私は彼女の傍をすぐに離れることができなかった。本当は、愛想笑いをしてすぐさまその場を去るつもりだった。私にはすてきな計画があったのだ。午後に服を買いに行くという、自

〇一九

分だけの密かな計画だった。「服を買う」ということがなぜそんなにも胸ときめくこ
とだったのか、今思えば可笑しい限りだが、ともかく私はそのとき、服を買うことを
想像するだけで胸が躍った。服を買って、自分の部屋の鏡の前でこっそり着てみるつ
もりだった。そうしてすっかり気に入った服に身を包み、ヘッセを小脇に抱え、これ
で最後となるこの町の冬の陽をいつまでも眺めていられる公園に出かけるつもりだっ
た。そうして、公園をぽっぽつ行き交う人々を格別な思いで見送るつもりだった。な
ぜなら、私はその冬をもってこの町とさよならする運命にあったから。そう。それは
揺るぎない運命だった。新調した服に身を包み、この土地で最後に見るハトたちにえ
さも撒いてやるつもりだった。幾粒かの透明な涙とともに。それはすてきな計画に他
ならなかった。テリムに会った瞬間、私は悟るべきだった。彼女が、そのありとあら
ゆる懐かしいものたちとの涙ながらのお別れの練習を邪魔しているという事実を。新
調した服で鼻先のかじかむような風に吹かれながら、私を愛してくれたが、私は愛
することのできなかったこの町との丁重な別れのときが、テリムに会ったその瞬間、
粉々に打ち砕かれたという事実を。だがそのとき、私はそれを悟ることができなかっ
た。

その年の冬も例にもれず、高校を卒業したばかりの者たちがこの町を出て行った。生まれつき優秀な頭脳、けなげな努力派、親元を離れて大学に通っても家計に負担のかからない家の子ども、家計が破たんするとしてもソウル行きの夢を諦めきれない捨て身の若者たちが、その年、ソウル行きの汽車に乗り込んだ。私は両親に内緒で買った毛織のツーピース（今からするととてつもなくあか抜けないのだが）を着てソウル行きの夜行列車に乗った。そうして、慣れ親しんだ町に別れを告げた。両親には私をソウルの大学に通わせる余裕がなかったが、その年の冬、私は死んでもソウルでの大学生活を諦めきれない捨て身の若者の一人だった。

「テリムに再会したのは初冬だった」

同じ陳述を何度くり返しているのだろう。そう、その話をしよう、テリムの話。だが何を話すというのか。テリムについて知っていることなど大してない。私は彼女を愛したこともなかった。かといって憎んだり嫌ったりしたこともない。彼女と私は親交の機会をさほど持たなかった。だから厄介だ。私の胸の奥を突き刺すこの骨の正体は何だというのか。それを突き止めるには、私たちが初めて出会った日のことから順を追って話してみるのもいいかもしれない。今度こそちゃんと、テリムの話をしよう。

〇二一

私はその日、服を買うのをあきらめてキム・テリムと一緒にいた。これが最初のアリバイだ。私たちはその日、大学の裏門脇にある湖のほとりを一時間ほどぶらついた。冬の短い陽が湖の向こうに沈みかけていた。時折、湖に浮かぶ島から水鳥の鳴き声が聞こえてきた。テリムはその夏、この湖で人が溺れ死ぬのを見たと言った。

「本当？」

「うん」

「誰か一緒に見た人は？」

「私一人よ」

「警察に言った？」

「ううん」

「どうして？」

「ほんとはね、私が突き落としたの」

驚かないわけがなかった。私は声を落として言った。

「それで学校に出てこなかったのね」

「ぜんぜん、行こうと思えば行けた」

○二二

「じゃあどうして来なかったの?」

「行けなかった」

「さっきは行けたって言ったじゃない」

「うん、そう」

テリムのことばは、とらえどころがなかった。

人が溺れ死ぬのを見たと言う。それから、その人を突き落したのは自分だと言う。

学校に出てこられたし、出てこられなかったとも言う。

「うん、そう」というテリムの無邪気な返事が、ゆっくりと湖面に落ちていった。う

ん、そう。私はその日、テリムの「うん、そう」という返事から無邪気さ以外の何も

のも感じ取れなかった。ただ、皆目見当のつかない彼女のことばと態度にもかかわら

ず、その場をすぐに立ち去れなかったことを今でも覚えている。

陳述3

夜逃げするようにソウル行きを決行し、友人が一人暮らしする部屋に転がり込んだ。

〇二三

四月、学科事務室にある郵便受けに、テリムからの手紙を見つけた。思ってもみない
ことだった。自分は目下恋愛中で、相手はすてきな男性だが、お金のない青春だと書
かれていた。返事を書かなければ、という義務感がわいた。どうせならと誠意を尽く
して書いた。書き出しはこうだ。

「穏やかな湖面に冬の短い陽がこぼれ落ちていた日を共に過ごした友よ!」

だが本当は、どうせ手紙を書くならこう書きたかった。

「ある初冬の湖岸でたった一日、共に過ごした友よ!」

私はその日、湖に浮かぶ島で水鳥が鳴いていたその日一日きりをテリムと共に過ご
したように思う。そして忘れてしまっていた。手紙は多少意外であり、その内容もま
た意外で、私は少なからず呆気にとられた気持ちではあったが、とにかく返事を書い
た。手紙の末尾には、李盛夫<ruby>李盛夫<rt>イソンブ</rt></ruby>[6]の「秋の人へ」という詩も添えた。

　　会う人もなく
　　留まるべき場所もなく
　　険しい道へつられて入り

泥だらけの心になって出てきたあなた

痛ましいあなた

（……）

　今でもわからない。そのとき私がどういうわけで手紙の末尾に「秋の人へ」を添え
て送ったのか。

　テリムからの二通目の手紙を、九月の最初の火曜日、学科事務室の郵便受けに見つ
けた。消印は七月のものだった。つらつらといろいろなことが書かれていたが、つま
るところ二通目の手紙の要点は、生活が非常に苦しく就職もままならないため、友人
である私に、助けてもらえるものならどうか助けてほしいというものだった。いくら
か、面倒だという思いがよぎった。テリムからの手紙の末尾にはこんなことも書かれ
ていた。

「実を言うと、返事をもらえるとは期待していませんでした。だから、実際に返事を

＊6【李盛夫】　一九四二〜二〇一二。光州出身の詩人。

受け取ってみると胸がいっぱいになって、たまらず身を震わせるほどでした。中でも、心を込めて添えてくれた李盛夫の『秋の人へ』を読んだときは、涙を流さずにはいられませんでした。もしこの手紙を読んで、ささやかな声援を惜しみなく送ってくれるなら、それは私にとって、この世のいかなるものとも比べものにならないほどの大きな力になるでしょう」

続きを読んだ私は、面倒だという気持ちもいくらか薄れ、思わず笑ってしまった。笑いながら、アルバイトでもらった日当の二万ウォンに返事を添えて白封筒に入れた。私は「涙ぐましい苦学生」だった。両親は、ソウルに飛び出していった娘に死んでも学費を送って寄越さなかった。私はその当時、学校前の飲食店で皿洗いをしていた。

テリムに関する記憶といえば、大学に入って初めて迎えた冬のある深夜のことも覚えている。誰か、私が居候する友人の下宿の門を激しく叩く者がいた。凍りつくような空気の、月の明るい夜だった。門を開けると、驚いたことにキム・テリムがにんまり笑って立っていた。テリムに返事を送るとき、私はあくまでも儀礼的な意味で、ソウルに来たらぜひ一度寄るようにと住所と家主の電話番号を書き添えたのだが、テリ

言ってみれば、最低レベルのアルバイトでなんとか食いつないでいたのだった。

〇二六

ムはその住所を頼りに、見事その家を探し当てたのだった。テリムはそれなりの身だ
しなみをしていたし、友人の前でも礼儀正しくふるまったため、私は居候の身では
あったものの、自分を訪ねてきた客のために肩身の狭い思いをするようなことはな
かった。それに、テリムの訪問は翌朝には終わるはずだった。そう信じて疑わなかっ
た。だからわざわざ尋ねることもしなかった。なぜ、どうやって、何のためになんて
ことは一切尋ねず、その代わり、はるばるやってきた彼女をもてなしてやろうと努め
た。友人がテリムに優しく接してくれることがありがたくもあった。翌朝になると、
私と友人は急いで学校に行く支度をした。私たちはその年の冬休みから本格的な「学
習」を始めていたのだった。『フランス大革命』『解放前後史の認識』『被抑圧者の教
育学』などが当時の学習図書目録だった。だがテリムは、部屋の主である私たちが出
かける準備をしても、一向に布団から出てこようとしなかった。出かける準備を終え
て、最後に靴下をはきながら、私はやむを得ずこう訊いた。

「どうするつもり?」

テリムは黙っていた。友人は先に学校へ向かい、私はやや腹立たしい気持ちで、テ
リムがひっかぶっている布団を見るともなく見つめた。

「ねえ、どうするつもりなのってば」

　私の声は少しいらだっていた。テリムはやっと布団の外に顔をのぞかせた。と、テリムの目元が赤く充血しているのが見えた。

「どうしたの？　何かあったの？　ソウルにはいつ来たの？　私の居場所はどうやってわかったの？　いつ帰るの？　どうするのよ？」

　赤く充血したテリムの目元などに絶対に動揺するものか、そんな意地のようなものが込み上げてきた。その瞬間、私はどんなことばでも吐けそうな気がした。

「まったく、ここがどこだかわかってるの？　ここに来れば、食事から何から世話してもらえるとでも思ったの？　第一、ここは私の部屋じゃない。私だって居候の身なのよ」

　テリムは赤くなった目を、一度ぎゅっとつぶってから言った。

「私、私ね、しばらくここにいちゃだめかな？」

　江原道出身の、この部屋の主である友人（彼女は私と同じ科に通っていた）は昨夜、テリムを前にして少しばかり興奮している様子だった。

「すごかったんでしょう？　どうだった？　私たちなんか何一つ知らなかったんです

〇二八

もの。あれは革命だったわ。絶対に暴動なんかじゃなかった」

テリムと私は黙ったまま、友人の興奮をひたすら待った。そうするうち

に、うっかり寝入ってしまった。翌朝、友人の興奮はすでに収まっていた。彼女は

黙って先に学校に行ってしまった。私から聞き出せなかったあの町の話を、彼女はテ

リムに期待していたのだろうか。彼女は何を聞きたかったのだろう。私はあの町の何

を記憶しているのか。そしてテリムは、どういうつもりで今ここにいるのか。私がキ

ム・テリムについて知っていることは大してない。私たちはたった一度共に過ごし、

二度手紙を送り合っただけだ。彼女は三月にやってきて、四月を過ごし、五月の半ば、

上半期中間試験を翌日に控えたあの日曜日以来、私たちのもとから去ったことを私は

思い出す。五月に去った彼女のことを思い出す者はなかった。誰も思い出すことのない

中、彼女はふっと現れた。私はそれがふっと現れたキム・テリムであることに遅れれば

せながら気づき、そして笑いかけた。その日以前に、まともに彼女に会ったこともな

ければ、その日以降は会ったこともない。たった一度、その一日だけを共に過ごした

ような気のするテリムが、いや、たった一度、その一日だけを共に過ごしたキム・テ

リムが、どういうつもりで今ここにいるのか。

テリムはもう一度言った。

「私、しばらくここにいちゃだめかな？　あの人が、あの男が追いかけてくるの。行き場がないの」

私は部屋の戸を開けた。そして黙って外に出た。学校に行くのだ。門を出てやっと、口のなかに淀んでいたことばをゆっくりと吐き捨てた。

「私はあなたを助けられない。私には何の力もない。それに何より、あなたと私はそれほど親しくない」

陳述4

学校に行って、友人におそるおそるテリムのことを伝えた。慎重にならざるを得ないのは、くり返し言うが、私があくまでも「居候の身」だったからだ。

「あの子ね、恋人がいたんだ。すてきな人らしいけど、貧しかったみたい。だから結局、嫌気がさしちゃったのね。なのにその男がしつこく追いかけてくるから、逃げてきたみたいなの」

友人は思いのほか、すんなりと受け入れてくれた。むしろ慎重すぎる私の方が変だといわんばかりの口ぶりで。晴れやかな気持ちで部屋に戻ったとき、テリムの姿はなかった。彼女はあれからどこへ行ったのだろう。

大学生活も最後の年を迎えると、ようやく実家からいくばくかの仕送りをもらえるようになった。そのころには居候生活からも抜け出していた。真夏の学園安定法反対闘争[*7]を最後に、私は自分だけの空間に閉じこもった。自分だけの空間の中で、まだ見ぬ未来についてじっくり考えた。これといった代案はなく、私は荷物をまとめることに決めた。荷物を整理して、最小限のものだけを残し、あとはすべて譲ることにしよう。「涙ぐましい苦学生」たちに。憐れな学生生活の残骸ともいえる荷物はそう処分することに決め、あらかじめ下調べしておいた工場の寮に入るつもりだった。私はふろしき包みを手に学校へ向かった。「救護物資」は有効かつ適切に配られた。最後に学科事務室に寄って郵便受けをひっくり返すと、そこから私宛の手紙が一通出てきた。

---

*7 【学園安定法反対闘争】一九八五年八月、政府が学生デモを厳しく取り締まるための学園安定法を制定しようとしたが、野党及び大学生を含む一般市民がこれに激しく反対し、対立した。

私は校門までの長い通り道をたどって学校を後にした。そうして校門の石柱にもたれ、手紙の封を切った。差出人はキム・テリムだった。

「お元気ですか？　私はおかげさまである程度全快しました。夫にもあなたのことをたくさん話しました。元気だった？　わが友よ！　私は息子を産みました。丸々太って可愛いったらありません。ぜひ一度会いに来てね。今思えば、私はあなたのことを愛していたみたいです」

テリムから届いた三通目の、そして最後の手紙だった。手紙は、あのとき友人の部屋を出てどこへ行ったのか、治ったのは何の病気でどこが悪かったのか、どういうきさつで誰と結婚したのかなどについては触れていなかった。私が部屋を出るなり自分も部屋を出て、私が学校に行っている間に自分は結婚しに行ったのかもしれなかった。

「今思えば、私はあなたのことを愛していたみたいです」とテリムは書いていた。その一文に、私は無意味な感動を少しだけ覚えた。

七年前の春、私は、かつて自分が離れなければならない運命だと信じて後にした町の、市場の片隅を歩いていた。当時の私は、労働争議調整法に関わる問題で拘束され、

釈放されてまだ間もないときで、執行猶予期間にある犯罪者の身分だった。私はその市場の片隅で、ばったりテリムに出くわした。テリムは子どもを二人連れていて、大きい方の子は、テリムからの手紙に、丸々太って可愛いったらないとあったその子に違いなかった。テリムは私の手をつかんで市場の真ん中をかき分けていった。実のところ、彼女との久しぶりの再会が嬉しくないわけではなかった。三通目の手紙について訊きたいこともたくさんあったし、本音を言えば、彼女の暮らしぶりも見てみたかった。手紙の内容はさほど暗鬱なものでもなく、どんな病気を患ったかは知らなくとも、全快に向かっているというのだから幸いだった。すてきではあるが貧しい青春だと言っていた恋人が相手かどうかはわからないが、結婚し丸々太った子どもまで授かったというし、ささやかな縁とはいえ、縁もゆかりもない人ではないという思いから、一度は覗いてみたいという気持ちがあったのだ。だが、気持ちはしょせん気持ちに過ぎず、月日は矢のように流れ去ってしまった。

テリムは初めて会ったときの、潮風にさらされた顔ではなかった。彼女の顔色はほとんど土色に近かった。辛酸というより、絶望が滲んだような色だった。そんな顔色のためか、久しぶりに会ったものの、正面から喜びを表現することさえ憚られた。た

だ彼女が導くままに、彼女がまとっている陰惨な絶望の色に導かれていくのだった。

導かれていきながら、ひょっとすると先輩との約束の時間を守れないかもしれないという不安がよぎった。ソウルで出版社を営んでいた同郷の先輩は、故郷に戻って、だしぬけにペットショップを開きたいと言い出したのだった。そして私は、市場の向かいの空き地に店を構えようとしている先輩に会いに行く道すがら、ちょうどテリムに出くわしたのだった。出版社引き取りの件は、どのみちソウルで話をつけるべき問題ではあったが、約束は約束だ。だが私を引っ張るテリムの力強さには、どこか振り払ってはならないと思わせる物悲しさがあった。私はそれを直感的に感じ取った。テリムは片手で上の子の手を引き、もう片方の手で下の子を抱いて、混み合う市場の奥へと要領よく進んでいった。やがてたどり着いたのは、スンデ（豚の腸詰め）とホルモンを売るマッコリ屋の前だった。テリムは席に着くなり、乱暴なことばを吐いた。

「えいくそっ、一日中歩いてりゃ、マッコリの一杯でも飲みたくなるってもんさ」

私はぷっと笑ってしまった。スンデをつまみに、私たちはマッコリを一杯ずつ、ぐっと飲み干した。

「ずいぶん忙しかったんだろうね？」

○三四

マッコリをたて続けに二杯飲み干してから、テリムはややシニカルな口調で言った。

「ごめん。手紙は読んだ。ぜひ会いたいとも思ってたし。旦那さんと子どもにも」

私は言い訳するように言った。だがそれは、言い訳ではなく事実だった。

「なに言ってんのさ」

「え?」

「旦那はとっくの昔に死んじまいましたよお」

テリムの目に、一瞬ではあったが、失意の色のようなものがちらと浮かんで消えるのが見えた。テリムは「死んじまいましたよお」と言いながら、杯を語尾の「よお」に合わせてトンッと置いた。私はそんなテリムの姿もまた、じっと見守っているほかなかった。心のどこかに「こんなところでみっともない」という思いが浮かばなかったわけではないが、テリムが「よお」に合わせて杯を置いたときの「トンッ」という音が、私の「みっともない」という思いよりよほど強くて、じっと黙っているほかなかったのだ。テリムの上の子は場の空気を読んでか、そんな母親を見ても動じなかった。

夫は工事現場での作業中に亡くなったそうだ。テリムは小さな声で、淡々とそう

○三五

語った。子どもたちを孤児院に預けるつもりだとも。まだ乳飲み児である下の子は親権を放棄するつもりで、そうすると将来、海外に養子に出されるのだと言った。問題は上の子だが、ひとまずは児童一時保護所に預け、見通しがつき次第、なるべく早く連れ戻すつもりだと。テリムはそれを、察しのいい上の子の前であっけらかんと話し、子どもは子どもで、家族が置かれているどうしようもない現実をおおむね認めているようだった。四歳のその子は、孤児院うんぬんと唾を飛ばしながら語る母親の話に、あくまで真剣に聞き入っているのだった。テリムは、今この厳しい状況に置かれた自分たち家族に、友人である私が手を貸せることがあると付け加えた。

「あんたが私の保証人になるのよ」

「どういうこと?」

私はいち早く頭を巡らせて「キム・テリムの借金の保証人になるような余力は今の私にない」という事実を確認してから、どういうことかと押し殺した声で訊いた。

「うちの子に対する保証よ。一年以内に私が現れなかったら、あんたが引き取って育ててるの」

ともすると将来私の子になってしまうかもしれない四歳の男の子を、私はぼんやり

〇三六

と見つめた。子どもはひよこの産毛のように柔らかい髪をしていた。テリムと私は翌日の午前十時に、市場の前の大通り沿いにある喫茶店で待ち合わせることにして別れた。テリムのために先輩との約束を守れなかった私は、電話をかけて、出版社を無償で引き取る考えに変わりはなく、明日にでも先輩の店に寄りたい気持ちはやまやまだが、午前中にある人の子どもの保証人になることになり、午後にはソウルに戻らなければならないため、店を訪ねるのはやむなく次の機会に持ち越すしかなさそうだと伝えた。

「子どもの保証人？」

四十を迎えた「オールドミス」の先輩は、突然何を言い出すのかと笑い出した。借金の保証人ならぬ子どもの保証人など聞いたことがないと。私はもう少し詳しく事のいきさつについて説明しようと思ったが、やめた。先輩にとっては突拍子もないことかもしれないが、テリムにとっては差し迫った問題に他ならなかった。

翌日、私は市場の向かいにある喫茶店でテリムと落ち合った。テリムに言われたとおり、印鑑と身分証を携えて。行く末はわからないが、もしもテリムが自分の身一つのままならず、人生に破綻をもたらすような行為をしたり、テリム自身は絶対にないと

○三七

否定するが、人の道を外れ、保証人である私に全てを任せて行方をくらましたりといった状況になったら、私は否応なしに、あのひよこの産毛のように淡い髪色の男の子の母親にならねばならぬ運命に置かれる可能性もあった。だがそんなことは二の次で、私は誠心誠意、自分にできることをしてやる気でいた。そうして私たちはタクシーを貸し切って、市立の児童一時保護所へ向かった。タクシーの中で、私は昨日から考えあぐねた末に得た結論の一つをおそるおそる切り出した。それは、下の子に対する親権を最初から放棄してしまわず、ひとまず上の子と一緒に、それこそ一時的に保護所に預けた後、どうしても子ども二人を育てるのは難しいとなったら、そのとき親権を放棄しても遅くはないのではないかというものだった。タクシー運転手が横目でちらちらこちらを見ていることなどお構いなしに、私は慎重かつ落ち着いた態度で、自分の意見はこうだがどう思うかと尋ね、テリムはそれに、それもいい考えだと思うが、そうなるとあなたが、一人でなく二人の子どもの保証人にならなければならない、そうすると友人であるあなたにあまりに多くの負担をかけるようで気が進まないと答えた。私は、そんなふうに思う必要はないと言い切った。私は、将来、上の子と共に私の子になるかもしれない次男を、テリムから抱き取った。子どもを抱いた感触は悪

〇三八

くなかったが、ある日突然、結婚もしたことのない女が二人の子の母親になるという想像は、実際のところ、私の胸にずしりと重たくのしかかった。

二人の子の保証人になってから、児童一時保護所の前の坂道を下ると、私はテリムに引きずられるようにして、仕方なく彼女の家まで付いていった。「仕方なく」という表現はふさわしくないかもしれない。テリムは坂道を下りながら、ひっきりなしにつぶやいていた。

「チンギス・ハンはね、チンギス・ハンは……」

チンギス・ハンというくだりから、テリムが言わんとしていることはおおよそ見当がついた。息子を敵地に放り込んだのだ、それも故意に。

だがアメリカ帝国主義と核ミサイルのくだりになると、到底とらえどころがなかった。一時保護所の前の長い坂道を追ってきていた、将来私の子になってしまうかもしれない二人の子どもの痛ましい泣き声が、テリムには聞こえなかったのだろうか。私の涙は、テリムがつぶやき続けるアメリカ帝国主義と核ミサイルの前で、至って滑稽なものになるしかなかった。今も昔も、アメリカ帝国主義の前では人間の無垢な涙もかなわない。核ミサイルの前ではありとあらゆるものがすっかり無力になるのだ。子

どもの痛ましい泣き声も、私の無垢な人間愛の発露である涙でさえも。

私はテリムの家まで付いていった。そのとき私にできることは全てしてやった。そしてその足で、ソウル行きの高速バスに乗らなければならなかった。テリムが暮らす部屋の戸を開けて彼女を押し込み、労いのことばもおちおち伝えられないまま、急いでその路地を抜け出した。今抜け出してきた路地の奥から、恐ろしい叫び声が聞こえてきた。ぞっとするような動物的な何かが、その泣き声にはあった。私はしばらく動けなかった。だが、これ以上どうにもならないことは確かなのだと、すぐさま悟った。傾斜の急な路地を力いっぱい駆け出した。貧しい家並みが続く道の両脇に、菜の花が背伸びするように立ち並ぶのを、私はひた走りながら見た。

それ以降、テリムに会ったことはない。その間の私の人生は、悪化の一途からほんの少しも外れないものだった。生きるのに必死で、将来私の子になるかもしれなかったテリムの子どもたちのことさえすっかり忘れてしまっていた。

翌日、〈眺めの美しいコーヒー専門店〉に、スナムは現れなかった。スナムを待つ間、私は集中して一時間の読書をした。それ以上待つことをあきらめ、家に戻った。

〇四〇

スナムから電話がきた。

スナムが言った。テリムが死んだと。

あらゆるものの条件となるのは愛だということばが、とても好きだった。とても好きなその愛が、私にはなかったのだろうか。そのようだと私は思った。

「私は愛していなかったみたい、テリム、わが友よ！」

将来私の子になるかもしれないと思っていたテリムの子どもたちは、すっかり大きくなっていた。そしてすっかり大きくなった子どもたちのそばで、やっとよちよち歩きを始めたもう一人の子どもが、死んだテリムに寄り添って口をもぐもぐさせていた。

父親の姿は見えなかった。

頭の方の病気だったみたいだねえ。

八〇年代からだっていうから、ずいぶん長い間……。近所の奥さんの話だけど。

病院の帰りに道を渡ろうとしてトラックに……。

三人目の男だったけど、子どもだけ孕（はら）ませておいておそらく……。

誕生日だから招待するって言ってた子が学校を休んでね。電話してみてわかったのよ。

〇四一

私は知らない。本当に、私がテリムについて知っていることはそれほど多くない。

そして、私はテリムを知っている。そして、私は彼女を愛していなかった。これが、テリムに関する私の最後の陳述だ。

後輩編集長に譲った出版社は、売れ行きはまずまずだと伝えてきた。嬉しい知らせだ。そして私は、新しく生まれ変わりたい。そうでなければ、そうでなければ道は行き止まりになってしまうから。

訳者解説

作家コン・ソノクは一九六三年に全羅南道で生まれた。全羅大学国語国文科を中退し、一九九一年、『創作と批評』秋号に中篇「種火」を発表して作家活動をスタートする。一九九五年第十三回申東曄文学賞、二〇〇四年今日の若い芸術家賞、二〇〇五年今年の芸術賞、二〇〇九年萬海文学賞を受賞。韓国社会を色濃く反映させた擦り傷にしみるような小説から、青少年へのエールがこもった温かいエッセイまで、幅広い執筆活動を続けている。

「近代に生まれたが、前近代的な人生を生きてきた」

そう語る彼女の父親は家に寄りつかず、子どもたちは生きるために駆けずり回らなければならなかったという。三姉妹の次女に生まれ、少女時代には瓜を売り歩き、大学に入りはしたものの単位の取得もままならず、借金まみれの父と病弱な母の看護が彼女の肩にのしかかった。その後は工場を渡り歩きながら、

〇四四

偽装就業者としてではなく（韓国では一九七〇年代末から、多くの大学生たちが自身の履歴を隠して労働現場に身を投じ、労働者の組織化や待遇改善闘争に乗り出した）、あくまで生計のために働いた。そして高速バスや観光バスの案内嬢をしていたある日、自らの貧しかった時代が作品になるかもしれないと思い立って作家の道を歩み始める。

そんな彼女の書く作品は、韓国社会において疎外され、取り残された人々の姿と貧困という問題を、リアルな視点でとらえ続けてきた。中でも、女性のねばり強い生命力と母性が際立つ作品が多い。貧しさや離婚、子どもと離れ離れになるなどの人生の風波にさらされても、彼女たちはなりふりかまわぬ図太い神経で自己を主張し、必要とあらば他人に要求し、忘れるべきことを忘れ、愛する。時に愛と憎しみは紙一重となるが、彼女の作品を読んでいると、憎しみはむしろ愛のために存在するのだと思えてくる。本作を含む『私の生のアリバイ』は一九九八年、彼女の二冊目の短編集として出版された。当時のメディア批評をいくつか挙げておこう。

——ぶっきらぼうだが意表を突く文体、傷だらけの人生を正面から受け止める
テーマ意識。彼女の小説を読むと、いつしか涙が頬をつたい、人生に対して謙虚
になる。(京郷新聞)

——雪だるま式に自分の人生がどん底まで落ちることを知りながらも、子ども
たちを懐にひしと抱きしめる母性。『私の生のアリバイ』を貫く生命力は、まさ
に母親が生み出すものだ。(東亜日報)

この短編集の発表にあたり、コン・ソノクは、「子どもを産み育てることで母
親になるのではなく、子どもが母親を育てる」のだと語っている。彼女の作品に
は、自身の生い立ちやつらい経験がもとになったものも多く顕在する。たとえば
「私の生のアリバイ」には、子どもを児童一時保護所に預ける場面があるが、こ
れ以外にも「母」「酒を飲みたばこを吸う母」などの短編に同じ施設が登場する。
これは、著者の実際の経験が反映されたものだ。〈女性〉あるいは〈母親〉は彼
女の作品テーマの一つであるに違いないが、ここに登場する女性たちはことごと

く不幸で、社会のみならず家庭においても悲惨なまでに虐げられている。

韓国社会に根強くはびこる風潮の一つに、女性に対してゆきすぎた女性性や母性を求めるというものがある。女性はか弱く繊細で、男性に依存して生きる存在であり、母性愛という本能を備えているのが当たり前とみなす態度だ。この背景には、韓国社会に根付く家父長制がある。短編集『私の生のアリバイ』には、まさに、このように型にはめられた女性像に対して葛藤を抱き、何らかの抵抗を示すに至る女性たちの姿が描かれている。（もちろん、加害者である男性たちもまた何らかの被害者であるのだが。）

「母」は、工場で腕を失った夫が飲み屋の女と姿をくらました後、妊娠していることに気付いたその妻が、大家の家の食べ物を盗んで食いつなぎながらお腹の子を産み、生まれたばかりの赤ん坊を養子に出すため、児童一時保護所に預けて一晩中泣き通した後、「頭のおかしい女」と言われながらも再び赤ん坊を連れ帰るという話だ。

また、「酒を飲みたばこを吸う母」では、ソウルに出稼ぎに来ていた主人公が、故郷の児童一時保護所に預けてきた子どもが病気だという連絡を受けて子どもの

〇四七

もとへ向かう途中、夜行列車で乗り合わせた男と酒を飲み交わし、タクシー運転手に文句を言われながらも車内でたばこを吸いながら、児童一時保護所に急ぐまでの過程を描いている。これは、〈母親というものは酒も飲まずたばこも吸わないはず〉という、世間から強いられた母親像を打ち壊そうとする抵抗の物語といえるだろう。

そして本作「私の生のアリバイ」では、児童一時保護所に子どもを預けるのは話者のかつての同級生で、話者は彼女に何かあった場合に、その子どもたちを引き受ける保証人となる。しかし後に、話者は過去を回想しながら、彼女とは親しい関係でもなく、何の愛情もなかったとくり返す。話者にとって友人は消してしまいたい過去そのものであり、そこには、人生をやり直したいという話者の痛切な叫びがある。

これらの作品に登場する母親たちは皆お腹を空かせ、人生に疲れ果て、ときに周囲から白い目で見られる存在だ。だが、うなだれた彼女たちの顔をもう一度上げさせるもの、へたりこんだ体をもう一度立ち上がらせるのもまた、母親であることから生まれる底なしのエネルギーだ。

もう一つ、彼女の作品に多く登場する背景として、一九八〇年五月の光州民主化抗争がある。言うまでもなく、韓国の民主化運動史において最も重要な位置を占める出来事で、学生を含む市民軍が戒厳軍によって暴圧的に鎮圧されたむごたらしい事件である。同じ地域出身のコン・ソンクにとって、幾度語っても語り尽くせないのであろうこのテーマは、多くの作品の背景となっている。「私の生のアリバイ」にも、政府によって管理統制される学校の様子や、「労働能力を喪失したテリムの父親」「五月から六月の間に失踪した美術の先生」など、国家暴力の犠牲者は至るところに姿かたちを変えて登場する。

　コン・ソンクの最新作『ウンジュの映画』は二〇一九年八月に出版され、同年の韓国日報文学賞候補作に選ばれた。この表題作でも、彼女は真正面から光州民主化抗争を扱っている。映画監督を夢見る主人公ウンジュは、一台のカメラを手に、おばが語る様子を撮影する。光州で飲食店を営むおばは、光州民主化抗争である光景を目の当たりにして以来、足をひきずるようになったという。ウンジュはカメラを通して、男性の暴力に無防備にさらされてきたおばの痛ましい過去、そして一九八九年、実際にあったイ・チョルギュ変死事件（一九八九年五月十日

の校内新聞掲載記事に関して、国家保安法違反容疑で指名手配されていた光州所在の朝鮮大学生イ・チョルギュが変死体となって見つかった事件）について聞くことになる。

話を戻そう。「私の生のアリバイ」という短編においてもう一つ忘れてはならないテーマは、「愛」だ。かつて、韓国文学といえば「情」や「恨（ハン）」を抜きにして語れないという認識が一般的であったが、この作品ではそれらを飛び越える絶対的な「愛」が語られている。男女というよりは、話者と友人、友人とその子ども、その子どもと話者の間に生まれ、行き交う、さまざまなかたちの愛の有無についての攻防を、読者はその陳述をもとにたどっていくことになる。そしてその果てで、もっとも原始的な愛、人間としての愛、愛における自らの立ち位置を振り返るに至るのだ。

こう見てくると、コン・ソンクという作家は現代において特異な存在かもしれない。洗練された文体や新しい思想、風潮にはさほど興味がないように見え、実体験にもとづいた生々しい声を、これでもかと読者に投げつけてくる。（あまりにリアルで、その根源的な声は普遍にも等しく、ときにおとぎ話を読んでいるよ

〇五〇

うな錯覚にも陥る。）同年輩の女性作家たちの多くが、どちらかといえば感傷的で、さも美しい文章にこだわり、時代とともに移りゆく愛の表現を綴っていることを考えれば、その違いはますます際立ってくる。

人間の生には不運や不幸がつきものだ。コン・ソノクの描く作品に登場する女性たちには、そんな人生を嘆いたり、社会を恨んだり、誰かに復讐したりする暇もない。ひたすら、自らの生に真摯に向きあい、ひたむきに生き、つくられたり与えられたりした愛ではなく、呼応しながら生まれるより大きな愛に向かって大きな河のように流れていくのだ。

短編集『私の生のアリバイ』の中で、個人的に大好きなもう一つの作品に「童仏（어린 부처）」がある。著者の「子どもが母親を育てる」ということばが如実に具現された作品で、何度読んでも涙してしまう。いつか日本の読者にも読んでいただける日が来ることを願ってやまない。

著者

コン・ソノク（孔善玉）

1963年、全羅南道生まれ。
1991年『創作と批評』に中篇が掲載され、作家活動を開始。
申東曄文学賞(1995年)、今日の若い芸術家賞(2004年)、
今年の芸術賞(2005年)、萬海文学賞(2009年)などを受賞している。
本作も収録されている『私の生のアリバイ』のほか、
小説集に『咲けよ水仙』、『素敵な一生』、『明るい夜道』、
長編小説に『流浪家族』、『私が一番きれいだった時』、
『花のような時代』などがある。
最新作の『ウンジュの映画』(2019年)は
韓国日報文学賞の候補作に選ばれた。

訳者

カン・バンファ（姜芳華）

岡山県倉敷市生まれ。高麗大学文芸創作科博士課程修了。
韓国文学翻訳院翻訳新人賞受賞。翻訳・日本語講師。
日訳書にチョン・ユジョン『七年の夜』(書肆侃侃房)、
同『種の起源』(早川書房)、
ピョン・ヘヨン『ホール』、ペク・スリン『惨憺たる光』
(書肆侃侃房)などがある。
韓訳書に五味太郎『正しい暮し方読本』、
古田足日『ロボット・カミイ』、
岸本進一『はるになたらいく』など児童書多数。

내 생의 알리바이

태림에 대한 진술을 시작하기 전에 나는 어떻게 해서 내가 이런 얘기를 하게 됐는지의 발단을 밝혀두는 것이 좋을 듯하다. 지금 하는 얘기는 말하자면 태림에 대한 나의 진술이 시작되기 전의 서두인 셈이다. 이 서두는 읽지 않아도 무방하다. 아니, 이 글 모두를 읽지 않아도 무방하다. 그것은 읽는 사람의 자유다. 내 이 글에 냉담하게 고개 돌리는 사람이 있다고 해도 나는 그에 대해서 뭐라고 말을 할 수는 없다. 왜냐하면 그들과 나는 서로 사랑하고 있지 않으므로.

그리고 나는 아직도 끝없이 '민중'을 동경하는 '소부르즈와'에 불과하다. 그것은 사실이다. 그러나 그 사실은 태림과 나 사이에 아무런 관계가 없다. 또한 나는 내 이 어눌한 진술이 절대로 90년대식(?) 어법에는 맞지 않을 거라는 영악한 생각도 한다. 그러고 보면 '눈치도 좀 보아가며 살 일'이라는 명제에 나도 어느 정도는 동의하고 있는 듯하다.

하루 전이었다. 태림과 내가 그렇게 어이없는 모습으로 다시

만나게 되기 바로 하루 전날 나는 태림에 대한 소식을 수남에게 들었다. 태림은 애가 셋이라고 했다. 수남의 표현을 빌리자면 주렁주렁하게도 말이다. 나는 '창밖이 아름다운 커피전문점'에서 근 두 시간을 기다려 수남을 만났다. 시끄러운 찻집에서의 두 시간짜리 독서의 맛은 그런대로 개운했다. 그래서 약속시간을 못 지킨 수남에게 그다지 화나는 것도 없었다. 수남은 외려 내가 화내지 않음을 미안해했지만.

"너와 약속했던 걸 깜빡 잊었어. 수술대 위에 딱 누우니까 니 생각이 나는 거 있지".

"괜찮아?"

"물론."

우리는 자리에서 일어섰다. 수남과 나는 호프집으로 자리를 옮겨 두 시간 동안 술을 마셨다. 수남이 낙태수술을 한 지 딱 두 시간이 지나서였다. 태림의 이야기는 수남과의 그 두 시간짜리 술자리에서 등장하였다. 나는 태림을 잊은 지 오래다. 잊은 지 오랜 그가 그 두 시간의 술자리에서 우리가 안주로 먹은 명태포 속에 잠복해 있던 가시처럼 내 폐부 깊숙한 어느 한 곳을 자꾸만 찔러댔다. 그러나 나는 그 순간 내 폐부 깊숙한 곳이 찔리건 짓이겨지건 상관없이 수남을 위로해야 했다. 그래서 나는

말했다.

"잊어버리자."

얼마나 무책임하고 방자한 말인가. 잊어버리자는 말 따위는 두 번은 하기 싫었다. 아무 말 없음의 관계. 말없는 속에서의 대화가 우리 사이에는 가능했다. 말없는 속에서의 대화가 가능한 한 '우리의 우정은 변함없으리'라. 나는 그날, 낙태수술한 여자가 수술한 지 두 시간만에 술을 마셔도 괜찮은지 어쩐지만을 지극히 염려했다. 이제 돌이킬 수 없는 영혼의 문제 따위는 생각하지 않았다. 아니, 생각하지 않으려 의식적으로 노력했다. 한 눈팔기였다. 그냥 한눈을 팔아버리는 것이다. 본질 들여다보기란 얼마나 잔인한가. 우리는 서로가 한눈팔고 있는 상태임을 잘 알아보았고 그 한눈팔기의 이면에 도사린 것이 무엇인지를 잘 알고 있었기에 서로가 서로에게 아무 말도 할 수가 없었다. 수남이 태림이 얘기를 한 것도 어쩌면 그런 한눈팔기의 일종이었다. 처음엔 서로가 당황했다고 했다. 왜냐하면 수남과 태림은 친구 사이이기도 하지만 선생님과 학부모 관계가 아닌가.

"니 학생이면서 그 엄마가 누군지 몰랐어?"

"난 태림이 이름도 기억하고 있지 않았어. 우리랑 같이 다닌 게 겨우 두 달이었잖아."

병원 로비에서 마주쳤을 때 그가 태림임을 알아보았고 얘기를 하는 도중에 태림의 아이가 제 반애임을 알았다고 했다.

"잘한다, 선생이."

"얼마나 재밌었는 줄 아니?"

"우리 애 선생님이라고 김태림이가 광고 내지 않던?"

"잘해주던데. 애 셋이 주렁주렁이고 요번에 넷째였던걸."

"어떻대? 사는 건."

"참, 내일이 걔 아들 생일이래. 내가 맡고 있는 애. 집에 초대한댄다. 제 아이 담임이라고."

"그래?"

"네 말도 나왔어. 같이 오라고 꼬옥."

"태림이가 그랬어?"

"응."

나는 시종일관 담담했고 수남 또한 시종일관 초롱초롱했다. 조그만 틈새만 있어도 우리가 견지하고 있는 시종일관의 태도는 와르르 무너질 수 있음을 수남과 나는 잘 알고 있었기에 태림이 얘기를 멈출 수 없었다. 그러니까 태림은 우리가 드러낸 환부 위에 임시처방으로 바르는 반창고 역할을 그 순간 해내주고 있었던 것이다. 나는 되도록이면 태림이 그렇게 우리들의 반창

고 역할만을 해내고 있음을 드러내 보이려고 애썼다. 명태포 속에 잠복해 있는 가시로서의 태림이 지금 내 속의 어느 한 곳을 찌르고 있음을 내보이지 않으려고 무진 애를 썼던 것이다. 찌르고 있다는 것은 무엇을 말함인가. 그렇다면 나는 아직 태림을 영영 잊지는 않았다는 뜻인가. 태림의 첫남편은 죽었다. 그 사이 재혼을 했던 것일까.

수남은 새로워지고 싶다고 말했다. 십여년 연애의 마지막을 산부인과 병원에서 결산한 수남은 이제 정말로 새롭게 살아갈 수 있을 것이었다. 새롭지 않으면 길은 막다른 길일 것이기에. 우리는 갈림길에서 헤어져 각자의 앞에 놓인 어둔 길을 따라 걸어갔다. 헤어지기 직전 내일 '창밖이 아름다운 커피전문점'에서 만나 커피집 맞은편 빵가게에서 생일케이크 하나 사기로 했다. 그러면서 나는 내일이 토요일이군, 하고 새삼스레 뇌었다.

출근하고 퇴근하는 생활을 하지 않은 지 내일로 열여섯 주일이 된다. 그 열여섯 주일간 내게 무슨 일이 일어났나. 빚뿐인 출판사를 인수해준 편집장에게 고마워하며 보낸 열여섯 주일이었나. 출판사를 인수해준 그가 있으므로 해서 나는 채무자의 신분에서 비로소 해방될 수 있었다. 빚에서 나를 해방시켜준 그가 고맙지 않을 수 없는 것이다. 그리고 거미줄 같은 욕망의 그물로

부터도 나는 벗어났다. 다 그 덕분이다. 지극히 현실적인 의미에서 말이다. 그런 점들을 나는 후배 편집장에게 감사하고 있었다. 출판사를 인수한 후배는 빚이 거의 꺼져간다고 몇번 전화를 해왔다. 아닌게아니라 요 두어 달 며칠에 한번씩 편집장이 기획했던 책광고를 보는 건 어려운 일이 아니었다. 내가 그만둔 뒤 그들은 좀더 열린 시각과 자유로운 토론의 시간들을 가질 수 있었을 것이다. '대중문화에 대한 올바른 시각을 갖는 데 도움을 주고자' 출판된 그 책은 물론 내 손에서는 탄생될 수 없는 책들이었다. (그러고 보니 그 책은 꼭 나 같은 사람이 보라고 출판된 듯도 하다.) 판매고는 그런대로 괜찮은 모양이었다. 표지를 장식하고 있는 앤디 워홀의 미소는 모호하게 세련된 느낌을 주었다. 지금에 와서 생각해보건대, 나는 그들이 말하는 '문화적인 면에 있어서의 보수성'이란 것이 확실히 있긴 있는가 보았다. 최신 유행음악이나 최신 사조들에 대한 생래적인 거부반응이 나의 그런 '문화적인 면에 있어서의 보수성'을 증거한다. 그리고 무엇보다 나는 그들에게 제때 임금을 주어본 적이 없었다. 한때, 90년대가 되기 직전 어느 한때 잠시 내게도 약간의 호경기가 있었다. '현 시기 노동운동의 진로와 전망'에 관한 논문모음과 한두 편의 번역 노동소설이 내 호경기의 이력이다. 그리고 그것은

내 일생 단 한번의 호경기였던 때로 기록될 것이다. 그때 한번이었던 것 같다, 임금을 제때 제대로 쥤던 적이. 그리고 나서 이제 나는 손을 털었다. 내 청춘의 한때와 나는 결별했다. 나도 새롭고 싶다. 정말이지 간절하다. 태림이 생각이 난다. 오래 잊고 지냈다. 낙태를 했단다. 그럴 수도 있는 일이다. 애가 셋이라는데. 넉넉지 못할 것이다. 그는 아직 벗어나지 못했을 것이다. 골목에서 막바로 통하는 방, 함부로 버려지는 개숫물과 늘상 치워지지 않는 쓰레기더미와 악다구니, 그리고 그런 악다구니와는 상관없이 태평무사로 피어나는 장다리꽃들. 나는 그가 그곳을 벗어나려 얼마나 애썼는지 조금은 알고 있다. 그의 첫남편은 막일꾼이었고 태림은 막일꾼의 아내였다. 십여년 전 일이다. 막일꾼은 죽었다. 칠년 전 일이다. 태림은 재혼했던 것일까.

출판사를 그만두고 이 도시에 내려와 내가 한 일이라곤 이따금 수남과 만나 두어 시간 가량 취하지 않을 만큼 술을 마시는 일뿐. 뭔가 일을 시작해보고 싶다. 팔리지 않을 책만 펴내는 출판사를 경영했던 서른셋의 여자가 할 수 있는 일이란 무엇일까. 마음이 자꾸만 어려져서, 할 수 있는 일이란 무엇일까 하고 자문자답해본다. 사실을 말하자면 나는 아무 일도 안하고 싶다. 그것은 사실이다. 수남이 일 때문에 나는 혼자서 눈물을 좀 훔

친다. 가여운 것! 노파같이도 뇌어본다. 지극한 단순성. 태림이 생각을 한다. 한번은 보고 싶었던가. 그런 적이 없었던 것 같다. 그리고 나는 지금 처음으로 그를 보고 싶어한다. 태림이 이야기를 하자.

진술1

태림이는 삼월에 우리 곁에 왔다. 그의 어머니가 노동능력을 상실한 아버지와 그들 동기들을 이곳 도시로 데리고 들어왔다고 언젠가 태림이 말했던 것을 기억한다. 태림은 그렇게 시골 여자고등학교에서 남녀공학인 우리 학교로 전학을 왔다. 그해 삼월에 학도호국단장을 직선으로 뽑았다. 교련 사열 때면 연대장으로도 불리던 직선 학도호국단장은 잘생겨서 나는 한때 그를 진심으로 사랑하고 있다고 믿었다. 연대장이었던 만큼 그가 진학할 학교는 오직 육군사관학교뿐이라고 우리는 철석같이 여겼다. 그는 당연히 육사를 지원했으나 떨어지고 말았다. 우리의 학도호국단장이 육사시험에 낙방했음을 안 우리는 가슴이 찢어질 듯했다. 왜냐하면 그는 육사시험에 떨어지기엔 너무나 잘생긴 용모를 지녔던 것이다. 찢어지는 가슴으로 우리는 우리의 학

도호국단장을 잊어갔다. 우리는 이제 더이상 우리의 위대한 직선 학도호국단장을 잘생겼다는 이유만으로는 좋아하지 않았다. 그는 이미 그해에 맨 처음 실시하는 대학입시에서 떨어진 맨 처음의 낙방생이었던 것이다. 대학 초년 때까지 나는 그를 잊지 못해 육사가 있는 태릉을 지나칠 때마다 가슴 찌르는 통증을 맛보아야 했다.

태림을 얘기하자 하면서 나는 내 사랑, 학도호국단장만 떠올린다. 자, 다시 시작하자. 태림은 삼월에 우리에게 왔다. 처음 우리 교실에 들어서던 그의 얼굴엔 갯바람에 그을린 자국이 그대로 남아 있었다. 태림은 열아홉이었는데도 갯바람에 그을린 자국 때문이었는지 마치 신산스런 삶의 한가운데 있는 삼십대 여자처럼 보였다. 우리는 그때 그것을 '신산'스럽다고 느끼지 않고 '촌'스럽다고 느꼈다. 후에 나는 그런 색깔의 얼굴빛을 가진 촌여자를 미국 여류 사진작가 도로디어 랭이 찍은 "이주민 어머니"라는 제목의 사진에서 보고 견딜 수 없이 감동한 적이 있다. 내가 감동했던 그 얼굴빛이 그러고 보니 촌스러웠던 그해 삼월의 김태림의 얼굴빛이었음을 나는 지금 깨닫는다.

그해 사월, 4·19기념식을 학교 몰래 치렀다. 그해 사월, 하면 기억은 그것뿐이다. 오월에, 정확히 말하자면 오월 상반기 중간

고사일을 하루 앞둔 일요일부터 학교 교문이 닫혔다. 우리는 유월도 그냥 보내고 다른 지방이 방학을 하는 칠월에야 학교에 나올 수 있었다. 대학에 딸린 부속고등학교였으므로 우리는 대학생들과 나란히 교문을 썼다. 그해 내내 대학 교문을 군인이 지키고 있었다. 그들이 입은 카키색의 군복과 어깨에 멘 소총은 마악 떠오르기 시작하는 아침해에 반사되어 검은색으로 비치기도 했다. 그 검은색은 어찌 보면 비장한 엄숙미가 있었다. 처음 우리는 그들과 소리없는 미소를 나눴다. 나중에는 소리내어 인사했고 우리들 중 몇은 그들을 어느새 좋아하고 있었다. 왜냐하면 그들에게 어떤 말 못할 우수 같은 것이 서려 있다고 우리는 느꼈던 것이다. 그런 말 못할 서러움이 우리 전부에게 있었다. 대학생들은 고개를 푹 수그리고 교문을 통과했으며 군인들은 고개 수그린 대학생들을 외면했다. 외면한 군인들의 시야에 새처럼 초롱한 우리들이 보였고 그들은 허공에 떠 있는 시선으로 우리에게 슬픈 미소를 보냈다. 나중에야 진단한 것인데 어린 우리는 그런 식으로 신군부정권과 친해졌다. 우리는 그해 오월, 우리들의 도시에서 무슨 일이 있었나를 까맣게 잊고 있었다. 등하교 때 마주치는 그 잘생긴 헌병 때문에 가슴 설레며 학교를 다녔다. 그해 칠월에서 팔월이었다. 가을이 왔을 때 우리 중의

몇은 실습나온 교생선생님을 일시적으로 사랑했고 그리고 나를 포함한 몇몇은 '우수어린' 교문 앞 군인을 사랑하고 있다고 믿었다. 나는 그렇게 그해 구월과 시월을 보냈다. 입시가 가까워올 무렵 군인들은 철수했다. 군인들이 없는 교문 앞 광장에 간혹 비둘기가 날아와 앉았다 가곤 했다. 아무도 그 비둘기에게 먹이를 주지 않았다. 먹이를 찾는 비둘기는 빈 부리를 콘크리트 바닥에 몇번 훔치고 나서 원을 그리며 날아갔다. 겨울이 오고 있었다.

수남은 교육대학을 가겠노라고 말했다. 정말로 좋은 시골국민학교 선생님이 되고 싶다고 했다. 그리고 무엇보다 집안이 어려우므로. 나는 수남의 꿈이 원래는 국민학교 교사가 아님을 알고 있었다. 그의 꿈은 패션 디자이너가 되는 것이었다. 나는 수남이 자신의 꿈을 수정하며 그래야 되는 현실을 담담히 받아들이게 된 바로 그 가난한 수남의 현실이 가슴 아팠다.

그럭저럭 입시를 치르고 졸업사진을 찍고 학교생활도 한가해진 초겨울이었다. 고등학교에서의 마지막 방학이 며칠 앞으로 다가왔다. 대학도 일찌감치 종강을 했는지 학교 전체가 텅 빈 것 같은 햇빛 밝은 초겨울 오후, 나는 그날 태림을 만났다.

우리는 정신이 없었던 것일까, 그해에. 그해에도 위층 사는 새

댁은 아이를 순산했고 누군가는 실연을 비관하여 음독자살을 기도하려 했다는 기사가 지방신문 '똑딱이'란에 실렸다. 우리 중의 몇은 실습나온 교생선생님을 사랑했으며 나를 포함한 몇몇은 교문 앞 말 못할 '우수'를 사랑하지 않았던가. 겨울이 다가올 무렵 군인들이 철수한 그 자리에 날아온 비둘기를 우리는 오래 바라보기도 하지 않았던가. 왜 사람들은 비둘기에게 먹이를 주지 않을까. 그러면 추운 겨울을 저 비둘기는 어찌 사노.

그리고 우리는 무사히 입시를 치러냈고 친구의 눈물겨운 진로 수정에 대하여 진심으로 마음 아파했으며 정옥아, 수남아, 불러가며 졸업사진도 박았다. 그러고도 정신이 없었던 것일까. 아니다. 그러느라고 정신이 없었는지도 모른다. 그해, 오월에서 유월 사이에 실종되어버린 미술선생님도 까맣게 잊어버릴 만큼. 미술선생님을 잊고 있었으니, 김태림이야 당연했던 것일까. 그는 우리가 기억할 만큼 예쁘지도 않았고 무엇보다 그와 우리가 같이 있었던 기간이 삼월에서 오월까지뿐이었던 것이다. 학교가 다시 문을 열었을 때 우리는 아무도 태림의 부재를 알아채지 못했다. 고등학교 삼학년 교실에 들어오는 선생님들은 이윽고 다가올 입시가 촉박하여 출석을 부르지 않고 막바로 수업에 들어갔으며 우리들 중 몇은 일류대반 교실에 따로 불려나가

합숙을 하며 공부해야 했다. 또 몇은 특별과외를 받느라 미술학원으로 음악학원으로 나갔고 몇은 체육특기자로 교실을 빠져나갔다. 교실에 남은 고3들은 잔류자였다. 그들 중 대다수는 조만간 잔류자에서 패잔병이 될 것이었다. 잔류자들 중 몇몇은 책상 위에 엎드려 잠을 잤고 몇몇은 책상 밑 무릎에 놓인 순정소설에 푹 빠져 있었으며 나와 수남이와 그 외의 몇몇은 도무지 해득되지 않는 수학선생의 소음을 멍청히 경청했다. 입시가 끝난 초겨울 고등학교에서의 마지막 방학이 얼마 남지 않았던 그해 초겨울, 우리들은 각자 자신의 앞에 놓인 운명의 길이 어느 쪽인지를 알고 있었다. 몇은 대학을 갈 것이었다. 몇은 생산직 노동자의 길로 갈 것이고 몇은 백화점의 점원으로 몇은 사무실의 사환으로 몇은 집으로 돌아가 식순이가 될 것이다. 그리고 몇은 본인들조차도 믿어지지 않게시리 일찌감치 시집을 갔다. 자신도 '내가 지금 무슨 짓거리를 하고 있을까' 하며 시집을 간 친구를 길을 가다 우연히 마주친 적이 있었다. 마침 갓스물에 시집을 가서 낳은 아이가 그 곁에 있었는데 그 아이는 코 밑이 벌써 꺼뭇꺼뭇해 있었다. 그의 엄마 봉님이는 말하자면 학교 다닐 때 공부는 안하고 건너편 건물의 남학생과 눈이 맞았는데 수염이 꺼뭇꺼뭇한 봉님의 아들은 영락없이 3학년 1반의 그 남학생

을 닮아 있었다. 김기철이, 봉님이 남편인 김기철이는 학교 다닐 때 늘 모자를 삐뚜름히 쓰고 배꼽바지를 즐겨 입고 다녔다. 봉님이와 헤어져 걸어가면서도 봉님이 남편 옛 모습이 떠올라 나는 자꾸만 비식비식 혼자 웃었다.

그해를 생각하면 그렇다. 봉님이와 봉님이 남편 김기철이는 생각난다, 감회어린 선명함으로. 김태림이 얘기가 나왔다. 수남이 입에서 나온 소리다.

애가 주렁주렁 셋. 이번에 넷째를.

초대한댄다.

너도 오라고 꼬옥.

태림이 소식을 수남이에게 들었을 때 왜 나는 명태포 속의 가시에 입천장 어디를 찔린 것 같은 느낌을 받았던 것일까. 미리 말해두건대, 나는 힘들었다. 내 생은 악화일로였다.

'사랑'이라는 말이 있다. 흔한 말이면서 좋은 말이다. 원수를 사랑하라는 말도 있다. 내가 존경하는 어른 한분은 모든 조건은 사랑이라고 말했다. 옳고 좋은 말이다. 나는 태림을 사랑하지 않은 것이 사실이다. 그렇다고 그를 미워하거나 싫어한 적도 없다. 아니, 내가 태림을 미워하거나 싫어하는 감정 따위를 가질 수 있을 만큼 어느 한때나마 우리 관계가 긴밀했던 적도 없었

다. 적어도 나는 태림과 나와의 관계를 그렇게 느꼈다. 한때나마 긴밀한 관계에서만이 그 속에서 애증 따위 감정들도 파생될 수 있는 것이 아니겠는가. 그렇게 애증의 감정이라든가 기타 다른 감정들이 생겨날 수 없는 선에서 나는 그를 만났다. 그리고 그런 만남조차도 오년 전 여름이 마지막이었다. 또 한번 말하지만 내 생은 쭈욱 악화일로의 선상에 있었다.

진술2

초겨울에 태림을 만났다고 말했다. 그 초겨울 얘기를 하자. 입시도 끝나고 우리는 책가방 대신 옆구리에 헤르만 헤쎄나 앙드레 지드의 문고판 소설책을 끼고 학교에 다녔다. 오전에는 주로 교양강좌를 들었으며 오후에는 자유시간이 주어졌다. 축축한 대기 사이로 늦은 아침해가 서서히 퍼지곤 하는 그런 날씨가 이어졌다. 오전 한두 시간의 의무적인 교양강좌가 끝나면 나는 도서관으로 향했다. 텅 빈 도서관에서 나는 농밀한 적막과 축축한 한기를 헤쎄와 함께 즐기곤 했다. 햇빛은 사선으로 열람석에 꽂혀 있었고 나는 이제 내 인생의 비밀스런 장막 하나가 걷혀지는 것을 그 햇빛 속에서 보았다. 눈물이 났던가, 어쨌던가. 하기

야 눈물이 흔할 수 있는 나이이고 시기가 시기였던 만큼 사방 어디를 가나 나는 눈물날 일 하나씩을 오버코트 주머니에도 주워담고 치마 호주머니에도 주워담을 수 있던 때였다. 그렇게 주워담아서는 하루종일 울고 싶어했다. 그런 기분으로 나는 학교를 나왔고 교문을 나서는 순간 태림을 만났던 것이다. 나는 신산스런 얼굴의 그를 향해 조금 웃어 보였다. 그동안 왜 학교에 나오지 않았는지 궁금하지도 않았다. 조금 웃어 보이는 것조차도 어색했다. 태림은 달랐다. 내손을 붙잡고 눈물이 글썽했다. 그랬으므로 나는 그의 곁에서 금방 떠날 수가 없었다. 나는 사실 태림에게 적당히 웃어주고 그 자리를 떠날 셈이었다. 멋진 계획이 내게 준비되어 있었던 것이다. 나만의 은밀한 계획이긴 했지만 나는 오후에 옷을 사러 갈 셈이었다. '옷을 산다는 것'이 왜 그렇게 가슴 설레는 일이었던지 지금 생각하면 실소를 금할 수 없지만 어쨌든 그때 나는 옷을 산다는 그 생각만 해도 가슴이 뛰었다. 나는 옷을 사서 내 방 거울 앞에서 혼자 은밀히 입어볼 심산이었다. 그렇게 마음에 꼭 드는 사복 한벌을 입고 헤세를 한권 들고 이제 올 겨울로써 마지막이 될 이 도시에서의 겨울해를 오래오래 바라볼 수 있는 공원에 나가볼 것이었다. 그래서 공원에 드문드문 오가는 사람들을 각별하게 바라볼 것이

었다. 왜냐하면 나는 이제 이번 겨울로써 이 도시와 안녕을 해야 할 운명이므로. 그랬다. 그것은 움직일 수 없는 운명이었다. 새로 산 그 옷을 입고 나는 이 고장에서 마지막 보는 비둘기들에게 먹이도 뿌려줄 것이었다. 몇방울의 투명한 눈물과 함께. 멋진 계획이 아닐 수 없었다. 태림을 만난 순간에 나는 깨달아야 옳았다. 그가 그 모든 정다운 것들과의 눈물겨운 이별연습을 방해하고 있다는 사실. 새옷을 입고 코끝 싸한 바람을 맞으며 나를 사랑했지만 내가 사랑하지 못했던 이 도시에 고할 정중한 이별의 순간이 태림을 만난 그때 산산조각 나버렸다는 사실을. 그러나 나는 그때 그것을 깨닫지 못했다.

그해 겨울도 예외없이 갓스물들이 그 도시를 빠져나갔다. 천부적으로 우수한 두뇌, 가상했던 노력파, 유학을 해도 가계에 별 타격이 없는 집의 자제들, 가계가 파탄나도 서울행의 꿈을 포기할 수 없는 처절한 스물들이 그해 서울행 기차에 몸을 실었다. 나는 부모님 몰래 내 손으로 산 모직투피스(지금은 촌스럽기 한량없는)를 입고 서울행 야간열차를 탔다. 나는 정들었던 도시와 이별했다. 나의 부모는 서울유학을 보낼 만한 여력이 없었고 나는 죽어도 유학의 꿈을 포기할 수 없었던 처절한 스물들 중의 하나였던 것이다. 그해 겨울에.

"태림을 만난 것이 초겨울이었다."

똑같은 진술을 나는 지금 몇번째 하고 있는지 모르겠다. 그
래 그 얘기를 하자, 태림이 얘기. 하지만 무슨 얘기를 한단 말인
가. 내가 태림이에 대해서 아는 것은 그다지도 없다. 나는 그를
사랑하지도 않았다. 그렇다고 미워하거나 싫어한 적도 없다. 그
와 나는 친교의 기회를 그리 많이 갖지 못했다. 그러니 문제다.
내 폐부 깊숙한 곳을 찌르는 이 가시의 정체가 무엇이란 말인
가. 그것을 밝히자면 맨 처음 그와 내가 만났던 날부터 차근차
근 얘기를 해보는 것도 도움이 될 것 같다. 이제야말로 정색을
하고 태림이 얘기를 해보기로 하자.

나는 그날 옷 사기를 포기하고 김태림이와 함께 있었다. 최초
의 알리바이가 이것이다. 우리는 그날 대학 후문 옆에 있는 호
숫가를 한 시간 가량 거닐었다. 짧은 겨울해가 호수 저쪽으로
지고 있었다. 호수 안쪽에 있는 섬에서 물새 울음소리가 간헐적
으로 들려왔다. 김태림이는 지난 여름에 이 호수에서 사람이 빠
져 죽는 것을 보았노라고 말했다.

"정말?"

"응."

"누구누구가 봤는데?"

020

"나 혼자."

"신고했어?"

"안했어."

"왜?"

"실은 내가 빠뜨렸거든."

나는 놀라지 않을 수 없었다. 나는 목소리를 낮추었다.

"그래서 학교엘 나오지 않았구나."

"아아니, 나갈 수 있었어."

"그런데 왜 안 나왔어?"

"나갈 수 없었어."

"나올 수 있었다고 아까 그랬잖아?"

"응, 그래."

나는 김태림이가 무슨 말을 하고 있는지 종잡을 수가 없었다.

사람이 빠져 죽는 것을 보았노라고 했다. 그러다가 그 사람을
자신이 빠뜨렸다고 했다. 학교에 나올 수도 있었고 나올 수 없
었다고도 했다.

'응, 그래' 하는 태림의 무심한 대답이 시나브로 호수면 위로
떨어져 내렸다. 응, 그래. 나는 그날, 태림의 '응, 그래' 하는 대답
에서 무심함 이외에 아무것도 감지하지 못했다. 단지 종잡을 수

없는 그의 말과 태도에도 불구하고 그 자리를 쉽게 떠날 수가 없었던 것을 나는 아직 기억하고 있다.

진술3

밤도망을 쳐서 서울로의 유학을 감행했다. 친구의 자취방에서 기생했다. 사월에 과사무실 우편함에서 태림에게서 온 편지를 발견했다. 뜻밖이었다. 자신은 지금 목하 연애중인데 남자가 멋있는 사나이이긴 하지만 돈이 없는 청춘이라고 씌어 있었다. 답장을 해야 할 것만 같은 의무감이 치솟았다. 이왕이면 정성을 다해 썼다. 첫 문장을 이렇게 썼다.

"짧은 겨울해가 잔잔한 호수 위에 부서지던 날 만났던 친구여!"

사실 나는 이왕 편지를 쓸 바에야 이렇게 쓰고 싶었다.

"어느 초겨울의 호숫가에서 단 하루 만났던 친구여!"

나는 그날, 호수의 안쪽 섬에서 물새가 울어쌓던 그날 단 하루만 태림을 만났던 것 같다. 그리고 나는 잊어버렸던 것이다. 편지는 다소 의외였고 편지의 내용 또한 의외여서 나는 좀 어리벙벙한 기분으로 답장을 쓰긴 썼다. 답장의 말미에는 이성부 시

인의 「가을 사람에게」라는 시도 한편 적었다.

> 만날 사람도 없이
> 머물러야 할 장도소 없이
> 깊은 거리에 따라 들어가서
> 진흙투성이인 마음이 되어 나온 그대
> 참담해진 그대
> (…)

　나는 지금도 모르겠다. 그때 내가 어떤 의미로 답장의 말미에 「가을 사람에게」를 적어 보냈는지.

　태림에게서 온 두 번째 편지를 나는 구월 첫째주 화요일날 과 사무실 우편함에서 발견했다. 소인은 칠월로 찍혀 있었다. 다양한 내용이긴 했지만 두 번째 편지의 사연인즉 생활이 무척 어렵고 취직이 안 되고 있으니 친구인 네가 태림이 저를 좀 도울 수 있으면 도와달라는 것이었다. 약간의 귀찮은 감정이 스치고 지나갔다. 태림의 편지 말미에는 또 이런 내용도 씌어 있었다.

　"나는 사실 너의 답신을 기대하지 않았는데 막상 답신을 받고 보니 감개가 무량하여 견딜 수 없이 떨리기도 하였다. 특히

너가 정성 들여 첨부해준 이성부 시인님의 「가을 사람에게」를 읽고 나는 눈물을 쏟지 않고는 배길 수가 없었다. 이번에 너가 나에게 자그마한 성원이나마 아낌없이 보내준다면 나는 이 세상 어떤 힘보다 큰 힘을 얻을 수 있을 것이다."

뒷문장을 읽고 나자 귀찮다는 생각도 어느 정도 가시고 나는 쿡 웃고 말았다. 쿡 웃으며 아르바이트로 받은 일당 2만원을 답장과 함께 흰 봉투에 집어넣었다. 나는 '눈물겨운 고학생'이었으며 부모님은 서울바람 난 딸년에게 죽어도 학비를 보내주지 않고 있었다. 나는 그 시절 학교 앞 식당의 주방에서 접시 닦는 일을 하고 있었다. 말하자면 최하급의 아르바이트로 서울에서의 목숨을 연명해나가고 있었던 것이다.

태림과 관련된 기억 중 대학에 들어와서 첫 번째 맞은 그해 겨울 어느 한밤중도 나는 잊지 않고 있다. 누군가가 내가 기생하고 있는 친구의 자취방 집 대문을 세차게 두들겼다. 공기가 땡땡 얼고 휘영청 달 밝은 밤이었다. 문을 열자 거기 놀랍게도 김태림이가 히죽 웃고 서 있는 게 아닌가. 나는 태림에게 답장을 쓸 때 그냥 의례적으로 서울에 오면 한번 들렀다나 가라고 주소와 주인집 전화번호를 적었었는데 태림은 기어코 그 주소를 가지고 찾아오고 말았던 것이다. 태림은 그런대로 예쁘게는

차려입었고 방주인인 친구에게도 상냥하게 굴었으므로 나는 기
생하는 자로서 나를 찾아온 손님이 있다고 주눅이 들거나 그러
지는 않았다. 그리고 태림의 방문은 내일 아침이면 끝날 것이었
다. 나는 그것을 의심하지 않았다. 그래서 일부러 묻지도 않았
다. 왜 어떻게 무슨 일로 따위는 일체 묻지 않고 대신 나는 되도
록이면 먼길을 온 그에게 잘하려고 노력했다. 친구가 태림에게
잘해주는 것이 고맙기도 하였다. 이튿날 아침이 되었을 때 나와
친구는 서둘러 학교에 갈 준비를 하였다. 우리는 그해 겨울방학
서부터 본격적인 '학습'을 시작했던 것이다. 『프랑스 혁명사』 『해
방전후사의 인식』 『페다고지』 등이 그때 우리의 학습목록이었
다. 그러나 태림은 방주인인 우리가 나갈 채비를 하여도 이불
속에서 나올 생각을 안했다. 모든 채비를 완료해두고 마지막으
로 양말을 꿰신으며 어쩔 수 없이 내 입으로 물어볼 수밖에 없
었다.

"어떡할 거야?"

태림은 아무 대답이 없었다. 친구는 먼저 학교로 가고 나는
좀 화가 난 상태로 태림이 뒤집어쓰고 있는 이불만 멍청히 쳐다
보았다.

"이애, 어떡할 거냐구?"

내 목소리가 좀 신경질적으로 변했다. 그때서야 태림의 얼굴이 이불 밖으로 비져나왔다. 나는 그때 태림의 눈자위가 붉게 충혈되어 있음을 보았다.

"왜, 무슨 일이 있었어? 서울엔 언제 올라온 거야? 나 있는 곳은 어찌 알고 찾아왔어? 언제 갈 거야? 어떡할 거냐구?"

붉게 충혈되어 있는 태림의 눈자위 따위는 절대로 아랑곳하지 말자는 오기 같은 것이 불끈 솟아났다. 나는 그 순간 어떤 말이라도 할 수 있을 것 같았다.

"이애, 여기가 어딘 줄 알고 네가 온다니? 네가 오면 내가 너 밥 먹여주고 재워주고 해줄 줄 알았니? 그리고 여기는 내 방이 아니란 말야. 나도 이 방에서 기생하는 신세란 말야."

태림은 충혈된 눈을 질끈 한번 감았다 뜨며 말했다.

"나 말야, 나 여기서 좀 살면 안될까?"

강원도 출신의 이 방 주인인 친구(그는 나와 같은 과를 다니고 있었다)는 어젯밤 태림 앞에서 조금 흥분했던 것 같았다.

"굉장했지요? 어땠습니까? 우리는 정말 아무것도 몰랐더랬어요. 그것은 혁명이었어요. 절대로 폭동이 아니었다구요."

태림과 나는 아무 말 없이 방주인의 흥분이 가라앉기를 기다리기만 했다. 그렇게 기다리다가 깜박 잠이 들어버렸다. 아침에

일어난 친구는 더이상 흥분하지 않았다. 그는 말없이 먼저 학교로 가버렸다. 내게서 들을 수 없었던 그 도시 얘기를 그는 태림에게 기대했던 것일까. 그는 무엇을 듣고 싶어했던 것일까. 나는 그 도시의 무엇을 기억하고 있나. 그리고 태림은 어쩌자고 지금 이곳에 있나. 나는 김태림에 대해서 아는 것이 별로 없다. 우리에겐 겨우 한 번의 만남과 두 번의 편지왕래가 있었을 뿐이다. 그는 삼월에 우리 곁에 와서 사월을 보내고 오월도 채 다하지 않은 상반기 중간고사일을 하루 앞둔 그 일요일 이후 우리 곁을 떠났음을 나는 떠올린다. 오월에 떠난 그를 아무도 기억해내지 못했다. 아무도 기억해내지 못하는 속에 그는 소리없이 나타났다. 나는 그가 소리없이 나타난 김태림임을 아주 천천히 깨달아갔고 그리고 웃었다. 나는 그날 이전에도 그를 구체적으로 만난 적 없고 그날 이후로도 그를 만난 적 없다. 단, 그날 하루만 만난 것 같은 태림이. 아니, 단, 그 하루만 만났던 김태림이 어쩌자고 지금 이곳에 있는가.

태림은 다시 한번 말했다.

"나, 여기서 조금 살면 안되까? 남자가, 그 남자가 자꾸만 따라온다. 난 갈 곳이 없어."

나는 방문을 열었다. 말없이 나는 밖으로 나갔다. 학교로 갈

것이었다. 대문을 나서서야 나는 입안에 고여 있는 한마디를 천천히 내뱉었다.

'나는 너에게 도움을 줄 수가 없어. 나에겐 힘이 없어. 그리고 무엇보다 너랑 나랑은 그다지 친하지 않아.'

진술4

학교에 가서 나는 친구에게 태림의 얘기를 조심스럽게 꺼냈다. 나로선 조심스러울 수밖에 없는 것이 누누이 말했지만 '기생자의 입장'이었던 것이다.

"그애가 말야, 남자친구를 사귀었거든. 멋지긴 한데 돈이 없었나 봐. 그래서 가만 보니 이애가 싫증이 좀 났어. 싫은 남자가 자꾸 쫓아오니까 잠시 피해서."

친구는 의외로 선선하였다. 오히려 지나치게 조심스런 내가 이상하다는 투였다. 기쁜 마음으로 자취방에 돌아왔을 때 태림은 없었다. 그는 그날 이후 어디로 갔던 것인지.

대학 말년에 가서야 나는 집으로부터 얼마간의 보조금을 받아낼 수 있었다. 그 무렵엔 '강원도 친구'의 방에서도 독립하였다. 한여름의 학원안정법 반대투쟁을 마지막으로 나는 내 독립

공간 안에 칩거하였다. 나는 내 독립공간 안에서 앞으로 내 인생이 나아갈 바가 어디인지 곰곰이 생각했다. 뾰족한 대안은 없었다. 나는 짐을 정리하기로 마음을 굳혔다. 짐을 정리해서 최소한의 것만 남기고 모조리 나눠주리라, '눈물겨운 고학생들'에게. 내 서러운 서울유학의 남은 잔해와도 같은 짐들은 그렇게 처분하기로 하고 나는 미리 봐둔 공장의 기숙사로 갈 생각이었다. 나는 짐보따리를 들고 학교로 갔다. 구호물자는 유효적절하게 배분되었다. 마지막으로 과사무실을 들러 우편함을 털었다. 수신인이 내 이름으로 된 편지 한 통이 그 우편함 속에서 나왔다. 나는 교문까지 이어진 기나긴 진입로를 걸어 학교를 빠져나왔다. 학교를 다 빠져나와 교문의 돌기둥에 기대서서 나는 편지를 뜯었다. 발신인은 김태림이었다.

"잘 있었어? 나는 이제 너의 염려 덕분에 어느정도 완쾌되었다. 남편에게도 니 얘기 많이 했다. 잘 있었느냐? 내 친구여! 나는 아들을 낳았다. 통실통실하니 퍽도 예쁘다. 언제 와서 한번 보렴. 그러고 보면 나는 너를 사랑했던갑다."

태림이한테서 온 세번째이자 마지막 편지였다. 편지에는 그때 강원도 친구의 자취방에서 나가 어디로 갔으며 무슨 병으로 어디가 아팠는데 완쾌가 되었다고 하는지, 어떻게 누구랑 언제 결

혼했는가에 대해서는 언급이 없었다. 내가 나가는 길로 저도 나가 내가 학교로 간 사이 저는 결혼을 하러 갔는지도 알 수 없는 일이었다.

"그러고 보면 너를 사랑했던갑다"라고 태림은 썼다. 그 구절에서 나는 무의미한 감동을 조금 느꼈다.

칠년 전 봄에 나는 내가 떠나지 않으면 안될 운명이라 여기며 떠났다가 다시 돌아온 도시의 시장 모퉁이를 지나고 있었다. 나는 그때 노동쟁의조정법 관련으로 구속되었다 풀려난 지 얼마 되지 않았고 아직은 집행유예 기간중에 있는 범죄자의 신분이었다. 나는 그 시장 모퉁이에서 태림과 조우했다. 태림은 아이 둘을 거느리고 있었는데 큰아이는 태림이 편지에다 썼던, 통실통실하니 퍽도 예쁘다던 바로 그 아이임이 분명했다. 태림은 내 손을 잡고 시장통 한가운데로 비집고 들어갔다. 나는 사실 오랜만에 만난 그가 반갑지 않은 것이 아니었다. 그의 세 번째 편지를 읽고 궁금한 것도 많고 솔직히 그의 사는 꼴을 한번 보고 싶기도 했다. 편지의 내용이 그다지 암울하지 않았고 무슨 병을 앓았는지는 모르지만 완쾌도 되어간다니 좋은 일이었다. 멋지긴 하지만 돈이 없는 청춘이라던 그 남자와 했는지 어쨌는지는 모르지만 결혼도 하고 통실통실한 애기도 낳았다니 작은 인연

이나마 인연이 있는 사람이고 하므로 한번은 들여다도 보고 싶은 마음이 일었던 것이다. 마음은 마음으로만 그쳤을 뿐 세월은 살같이 지나가버렸다.

태림은 내가 맨 처음 만났을 때 보았던 갯바람에 그을린 얼굴이 아니었다. 그의 얼굴은 거의 흙빛에 가까웠다. 신산하다기보다는 절망적인 느낌을 주는 빛이었다. 그런 절망의 빛 때문이었는지는 모르지만 오랜만에 만났어도 나는 그에게 반가운 내색도 제대로 할 수가 없었다. 단지 그가 이끄는 대로, 그가 풍기는 음산한 절망의 빛에 이끌려갈 뿐이었다. 이끌리면서 나는 어쩌면 선배와의 약속시간을 지키지 못할지도 모른다는 불안감이 일었다. 동향인 선배는 서울에서 출판사를 하다가 고향에 내려와 느닷없이 동물가게를 경영해보고 싶다는 거였다. 지금 시장통 너머 공지에다 동물가게 터를 다지고 있는 그를 만나러 가는 길에 나는 태림을 만난 것이었다. 출판사 인수건은 어차피 서울에서 결론지어야 할 문제이긴 했지만 약속은 약속이지 않은가. 하지만 태림이 이끄는 힘에는 뿌리쳐서는 안될 것 같은 비장한 느낌이 있었다. 나는 그것을 직감적으로 느꼈다. 태림은 한 손에 큰아이를 걸리고 한 손으로 작은아이를 업고 북적이는 시장통 안으로 잘도 비집고 들어갔다. 이윽고 태림을 따라서 당도한 곳

은 순대와 내장을 파는 막걸리집 앞이었다. 태림은 자리를 잡고 앉자마자 쌍소리부터 내질렀다.

"옘병할, 하루 왼종일 걸었더니 막걸리 생각이 웬만큼 간절해야지."

나는 피식 웃고 말았다. 우리는 순대를 안주 삼아 막걸리 한 사발씩을 시원하게 비웠다.

"살기가 바빴냐?"

막걸리를 연거푸 두 잔째 마시고 나서 태림은 약간 시니컬해져서 내게 물었다.

"미안해. 편지를 받긴 했어. 꼭 한번 보고 싶기도 했고. 네 남편이랑 애기랑."

나는 변명처럼 말했다. 그러나 그것은 변명이 아니라 사실이었다.

"지랄하네."

"뭐라구?"

"내 서방 죽은 지가 언젠데 보러 오냐구우."

태림의 눈에 순간적이었지만 살기 비슷한 기운이 잠시 서렸다가 사라지는 것을 나는 보았다. 태림은 "보러 오냐구우" 하면서 술잔을 끝말인 '구우' 소리에 맞추어 탁 소리가 나게 내려놓

았다. 나는 그런 태림의 모습도 꼼짝없이 앉아서 지켜볼 수밖에 없었다. 마음 한구석에선 사실 '야가 시방 뭔 행팬구' 하는 심정도 들지 않은 것은 아니었으나, 태림이 '구우' 소리에 맞추어 내는 술잔의 '탁' 소리가 내 마음 한구석의 '웬 행팬구'보다 훨씬 강력하여 나는 꼼짝할 수 없었던 것이다. 태림의 큰아이는 눈치가 빠르하여 제 어미의 하는 양을 예사로워했다. 순대만 야금야금 먹는 품이 그랬다.

태림은 그의 남편이 공사장에서 막일을 하다 죽어버렸다고 말했다. 그는 담담하고 조근조근하게 이야기했다. 제 아이들을 고아원에 맡길 거라고 했다. 젖먹이인 작은아이는 친권을 포기할 것이며 그러고 나면 그 아이는 장차 해외로 입양이 될 것이라고 했다. 문제는 큰아이인데 태림은 그 애를 아동일시보호소에 일시보호를 시킬 것이며 형편이 닿는 대로 빠른 시일 내에 그 아이를 데려올 것이라고 말했다. 태림은 그런 얘기를 눈치가 빠른 큰아이 곁에서 아무렇지 않게 얘기했으며 아이는 제 가족이 처해 있는 어쩔 수 없는 현실을 대체로 인정하고 있는 듯한 눈치였다. 다섯살인 그 애는 고아원 운운하며 침을 튀기는 제 어미의 말을 참으로 진지하게 경청하고 있었던 것이다. 태림은 그들 가족이 처해 있는 이런 어려운 여건 속에서 친구인 내가

해줄 수 있는 일이 있다고 덧붙였다.

"너는 나의 보증인이 되어야만 하지."

"그게 어떤 건데."

나는 재빨리 머릿속을 굴려 '나는 지금 김태림이에게 빚보증을 설 만한 여력이 없다'는 사실부터 확인해두고 그것이 어떤 거냐고 목소리를 착 가라앉혀 물었다.

"내 새끼에 대한 보증이지. 일년 안에 내가 안 나타나면 니가 내 새끼를 데려다 키우는 거야."

어쩌면 장차 내 새끼가 되어버릴지도 모를 다섯살 사내아이를 나는 멀거니 바라보았다. 아이는 병아리털처럼 부드러운 머리카락을 갖고 있었다. 태림과 나는 다음날 오전 열시, 시장 앞 큰길가에 있는 다방에서 만나기로 하고 헤어졌다. 태림이 때문에 선배와의 약속을 지키지 못한 나는 전화를 걸어 출판사를 내가 무상인도하는 생각엔 변함이 없으며 내일이라도 한번 선배의 동물가게에 들러보고 싶으나 나는 내일 오전에 어떤 사람의 새끼보증을 서야만 하고 오후에는 서울엘 가야 하므로 부득이 동물가게를 방문하는 것은 다음 기회로 미룰 수밖에 없겠노라고 말했다.

"새끼보증?"

사십이 다 된 노처녀인 선배는 웬 느닷없는 소린고 하고 낄낄거렸다. 빚보증 소리는 들었어도 새끼보증 소리는 첨이라고도 했다. 나는 좀더 자세하게 내가 새끼보증을 서게 된 상황을 설명하려다가 그만두었다. 선배에게는 희한한 일이 될는지 모르지만 태림에게는 절박한 일이 아닐 수 없었다.

다음날, 나는 시장 맞은편 동백다방에서 태림을 만났다. 태림이 일러주는 대로 나는 내 인감도장과 주민등록증을 지참하였다. 장차 어찌 될는지는 알 수 없지만 만약 태림이 제 몸뚱이조차 거느리지 못하고 제 인생의 파탄을 가져오는 행위를 한다거나 태림이 자신은 절대로 그런 일이 없을 거라고 하지만 반인류적으로다가 보증인인 나를 믿고 종적을 감춰버린다거나 하는 상황이 오게 되면 나는 꼼짝없이 저 병아리털같이 노란 머리카락을 가진 사내아이의 오마니가 되어야만 할 운명에 처해지는 상황을 맞을 수도 있었다. 그러나 나는 개의치 않고 성심성의껏 내가 할 수 있는 일은 해주기로 하였다. 그리하여 우리는 택시를 대절하여 시립 아동일시보호소로 향하였다. 택시 안에서 나는 어제부터 내가 심사숙고한 끝에 얻은 결론인 내 의견 한가지를 태림에게 조심스럽게 꺼내보았다. 그것은 둘째아이에 대한 친권을 미리부터 포기하지 말고 우선 큰아이와 함께 일시보호

소에서 일시보호를 시킨 뒤 그래도 두 아이 부양이 도저히 힘들 것 같으면 그때 가서 친권을 포기해도 늦지는 않을 거라는 얘기였다. 택시기사가 우리들을 좀 이상한 눈으로 흘금거리는 것을 내버려둔 채 나는 태림에게 진중하고도 차분하게 내 의견이 이런데 니 의견은 어떻노, 물었고 태림은 그것도 괜찮은 생각이긴 하지만 그렇다면 너가 한 아이가 아닌 두 아이의 보증을 서야만 되고 그러면 친구인 너에게 나 자신이 너무 많은 부담을 주는 것 같아 썩 마음이 내키지 않는다고 말했다. 나는 그럴 필요가 없다고 잘라 말했다. 나는 이제 장차 제 형과 함께 내 자식이 될지도 모를 태림의 작은아이를 태림으로부터 건네받아 내 가슴에 안아보았다. 아이를 안은 느낌은 좋았지만 어느 하루 아침에 시집도 안 가본 처녀가 두 아이의 엄마가 된다는 상상은 사실 가슴을 덜컥 내려앉게 하기에 충분했다.

두 아이의 보증을 서고 난 후에 나는 태림이 잡아끄는 통에 할 수 없이 아동보호소의 언덕길을 내려와 그가 살고 있는 집까지 동행을 했다. '할 수 없이'라는 표현은 적절치 못한지도 모르겠다. 태림은 시립 아동일시보호소 언덕을 내려오며 끊임없이 중얼거렸다.

"칭기즈칸 말야, 칭기즈칸은, 칭기즈칸은……"

칭기즈칸 부분에서 태림이 무슨 말을 하려는지 대충의 감을 잡을 수는 있었다. 아들을 적지에 떨어뜨려놨단 말이지, 그것도 일부러.

그러나 미제국주의와 핵미사일 부분에서는 도저히 감을 잡을 수가 없었다. 일시보호소의 긴 언덕을 따라오던, 장차 내 새끼들이 되어버릴지도 모를 두 아이의 처절한 울음소리가 태림에게는 들리지 않았던 것일까. 나의 울음은 태림이 끊임없이 중얼대는 미제국주의와 핵미사일 앞에 극도로 희화적이 될 수밖에 없었다. 자고로 미제국주의 앞에서는 인간의 순수한 눈물도 맥을 출 수가 없었던 것이다. 핵미사일 앞에서는 모든 것이 깡그리 무화되는 것이다. 아이의 처절한 울음도 내 순수한 인간애의 발로인 눈물방울도.

나는 태림이 사는 집까지 동행했다. 나는 그때 내가 할 수 있는 일은 모두 해주었다. 그리고 나는 바로 서울행 고속버스를 타야 했다. 태림이 사는 방문을 열어 태림을 밀어넣고 몇마디 위로의 말도 제대로 건네지 못한 채 나는 그곳 골목을 서둘러 빠져나왔다. 내가 빠져나온 골목 끝으로부터 무서운 '절규'가 들려오기 시작했다. 동물적인 섬뜩함이 그 울음에 있었다. 나는 잠시 주춤했다. 그러나 나로서는 더이상 어쩔 수 없는 사태인 것

이 확실함을 짧은 순간에 깨달았다. 나는 가파른 골목을 달음 박질치기 시작했다. 산동네의 길 양쪽에 장다리꽃들이 우우 키 를 세우는 것을 나는 달음박질치면서 보았다.

이후로 나는 태림을 만나지 못했다. 그동안의 내 생은 악화일 로의 선상에서 단 한발짝도 비켜나지 않은 삶이었고 나는 그런 내 생에 코를 박고 사느라고 장차 내 새끼가 될지도 몰랐던 태 림의 아이들조차도 까맣게 잊어버리고 말았다.

이튿날 '창밖이 아름다운 커피 전문점'에 수남은 나타나지 않 았다. 수남을 기다리는 동안 나는 집중적으로 한시간짜리 독서 를 했다. 나는 더이상의 기다림을 포기하고 집으로 돌아왔다. 수남에게서 전화가 왔다.

수남은 말했다. 태림이 죽었노라고.

모든 조건은 사랑이라는 말이 나는 참 좋았다. 참 좋은 그 사 랑이 내게 없었던 것일까. 나는 그랬는갑다고 생각했다.

'나는 사랑하지 않았는갑다, 태림아, 나의 친구야!'

장차 내 새끼들이 될지도 모르겠다고 생각했던 태림의 아이 들은 이제는 제법 큰 아이들이 되어 있었다. 그리고 제법 큰 그 아이들 곁에 이제 겨우 아장거리는 또 하나의 아이가 죽은 태림

이 곁에서 오물거렸다. 아이 아버지는 보이지 않았다.

　정신과 질환을 앓았나 봐.

　80년도부터 앓았는데 오래됐나봐. 이웃집 아줌마가 그러대.

　병원에서 나와 길을 건너다가 그만 트럭에……

　세번째 남자였는데 애만 배게 해놓고 아마……

　생일이라고 나를 초대한다던 애가 학교를 결석했더라구. 전화를 해서 알았지.

　나는 모른다. 나는 정말로 태림에 대해서 그다지 아는 것이 많지 않다. 그리고 나는 태림을 알고 있다. 그리고 나는 그를 사랑하지 않았다. 나의 태림에 관한 마지막 진술은 이것이다.

　후배 편집장에게 물려준 출판사에서는 책이 그런대로 팔리고 있다는 전언이다. 반가운 소식이다. 그리고 나는 이제 새롭게 살고 싶다. 그렇지 않으면, 그렇지 않으면 길은 막다른 길일 것이기에.

韓国文学ショートショート

きむ ふな セレクション 08

私の生のアリバイ

2020年4月25日　初版第1版発行

〔著者〕コン・ソノク（孔善玉）

〔訳者〕カン・バンファ（姜芳華）

〔編集〕川口恵子

〔ブックデザイン〕鈴木千佳子

〔DTP〕山口良二

〔印刷〕大日本印刷株式会社

〔発行人〕　永田金司　金承福

〔発行所〕　株式会社クオン

〒101-0051　東京都千代田区神田神保町1-7-3 三光堂ビル3階

電話 03-5244-5426　FAX 03-5244-5428　URL http://www.cuon.jp/